Burn-Out

La démission du cerveau

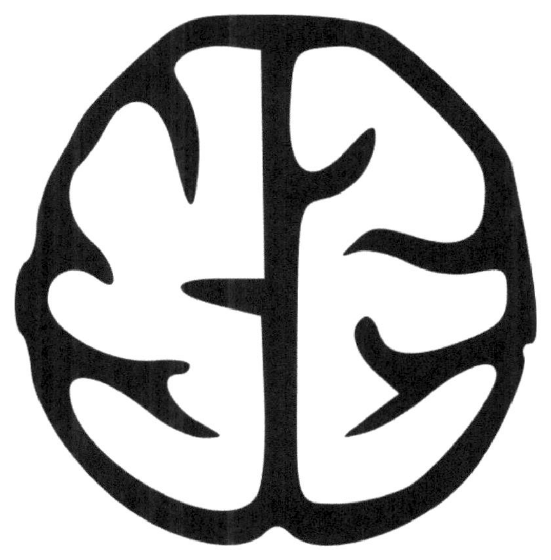

Noé GRATON

ISBN 978-2-9582777-0-3 (français, broché, 2022)
ISBN 978-2-9582777-1-0 (français, Kindle, 2022)
ISBN 978-2-9582777-2-7 (français, Kobo, 2022)
ISBN 978-2-9582777-6-5 (anglais, broché, 2023)
ISBN 978-2-9582777-7-2 (anglais Kindle, 2023)

Remerciements

Je remercie tous mes proches de m'avoir soutenu pendant cette épreuve. Ma femme, mes filles, mes parents, ma sœur et ma belle-famille. Le fait d'être bien entouré est une condition indispensable à la guérison. Même s'ils ont souffert de la situation avec moi, ils n'ont jamais rien lâché pour me sortir de l'ornière.

Je remercie mon pote Christophe qui m'appelait quasiment tous les jours pour voir comment j'allais et me raconter des âneries. Lui et moi avons traversé le monde de l'industrie avec des souffrances similaires et sa reconversion est un bel exemple pour moi.

Je remercie mes anciens collègues qui passaient régulièrement prendre l'apéro pendant mon congé maladie. Maintenir ce lien d'amitié m'a permis de reconstruire de vrais repères authentiques qui servent de socle à ma nouvelle vie.

Je remercie mes anciens voisins pour m'avoir courageusement porté secours et pour toute la bienveillance dont ils ont toujours fait preuve, hier comme aujourd'hui.

Je remercie mon médecin traitant et ma psychologue de m'avoir accompagné si efficacement pendant cette longue rémission. Je salue leur énergie et leur professionnalisme. Ils sont d'autant plus méritants que le burn-out est encore très mal connu et peu pris en charge par le milieu médical.

Sommaire

1   Le jour ou mon corps m'a quitté

Samedi 4 janvier 2020. Les vacances de Noël se terminent. Dans deux jours, il faudra reprendre le boulot. Ces deux semaines de repos nous ont fait un bien fou à tous les quatre. On a pu profiter des bons moments en famille, ralentir un peu, se changer les idées, prendre l'air.

Il est treize heures, on vient de finir de manger et de débarrasser la table. Je me prépare un café avec l'intention de me poser un moment devant la télé. Ma femme, assise en face de moi, me regarde d'un air détendu. Puis soudain, son regard se fait soucieux. « Ça va ? Tu fais une drôle de tête. »

« Je me sens complètement raplapla ces derniers jours, je crois que j'ai vraiment beaucoup décompressé pendant ces vacances, j'en avais bien besoin. »

Depuis quelques jours, j'ai une sorte de poids qui pèse sur ma poitrine, une sensation vraiment étrange. Ce n'est pas seulement une oppression, c'est une vraie douleur physique, pas très forte mais lancinante. Quelque chose que je n'avais pas ressenti depuis l'enfance : cette espèce de crispation du diaphragme et de la cage thoracique qui se produit quand on a un gros chagrin et qu'on sanglote fort pendant longtemps.

J'espère que je ne vais pas faire un burn-out. Je dois tenir encore quelques mois pour sortir de cette période compliquée : la construction de notre maison, pouvoir enfin déménager, et terminer le gros projet dont je suis responsable au boulot. Lors de ma visite médicale professionnelle, en juin dernier, le médecin du travail m'a bien mis en garde. « Monsieur Graton, vous êtes en stade 3 de Burn-out. Vous devez ralentir immédiatement, sinon vous risquez gros. Si vous craquez ça sera vraiment très très compliqué. »

Ralentir. Il y a bien longtemps que j'ai la sensation de faire tout ce que je peux pour ralentir. Cela fait plusieurs mois que je m'astreins à ne faire que le minimum vital : superviser la construction de notre maison et faire tourner l'équipe projet au boulot. On ne tiendra pas les objectifs de business cette année, mais tant pis, on ne va quand même pas y laisser la peau !

Les injonctions du médecin tournent en boucle dans ma tête : « Forcez-vous à dire non, ne prenez plus aucun engagement... Ça ne dépend que de vous... On a toujours le choix ! »

En voilà de belles paroles, mais la réalité, c'est que, quoi qu'on fasse, il y a toujours un minimum à assurer et quand ce minimum est quand même trop lourd, on est juste coincé. Je me rappelle des détails de cette discussion. Je lui disais « Imaginez que vous êtes chauffeur routier : si vous vous sentez fatigué et débordé, vous n'allez pas pour autant dire à votre patron « Désolé, aujourd'hui, je reste au dépôt, je vais me contenter de laver les camions et de faire la pression des pneus. Vous avez été engagé pour conduire un camion donc le minimum, c'est de le faire, même si vous allez plus doucement. Moi, j'ai été engagé pour diriger une équipe et mener des projets, c'est ça mon minimum, je ne peux pas m'y soustraire. Donc, soit je suis apte et je dois continuer d'accomplir ces tâches, soit je ne suis pas apte, et je dois être en congé maladie. Je ne vois pas de compromis entre les deux. »

En sortant de ma visite médicale, j'avais eu une discussion avec mon chef pour lui expliquer la situation. On était tous les deux bien conscients de la charge qui pesait sur moi et on avait décidé de prendre des mesures draconiennes : arrêter tous mes déplacements professionnels jusqu'à nouvel ordre et rajouter des ressources pour aider mon équipe. Malgré ça, la pression restait là. Les journées trop courtes passées à résoudre les problèmes des autres, les sollicitations permanentes, les interruptions, une organisation lourde et inefficace qui s'appuie sur des outils et des procédures complètement inadaptés, aucun levier pour améliorer tout ça.

Alors ça y est, je suis en train de craquer ? Non, ce n'est pas possible, je sors de vacances, je suis détendu, il y a bien longtemps que je n'avais pas été aussi serein. Cette douleur dans la poitrine ne passe pas. Et si c'était le cœur qui lâchait ? Trop de pression, mon cœur s'est usé et maintenant, je vais faire un infarctus ? Je fais part de mes inquiétudes à ma femme. C'est vrai que je me sens faible depuis ce matin. Il faut que j'écoute mon corps, je dois voir un médecin. Manque de bol, on est dans un désert médical, mon médecin traitant officiel est à cinquante kilomètres d'ici et impossible d'avoir un rendez-vous dans la région un samedi, comme ça au pied levé.

Finalement, on se décide : je demande à ma femme de me conduire à l'hôpital de St Marcellin qui a un service de consultation d'urgence sans rendez-vous. Ce n'est peut-être rien, mais, si c'est grave, ça serait trop bête de rester là à ne rien faire. Tant pis pour ce dernier week-end de vacances, on en passera une partie dans une salle d'attente.

Après avoir prévenu nos filles, nous prenons la route. Mais au bout de deux cents mètres, je dis à ma femme « Attends, arrête-toi, je ne me sens pas bien. » Je sens que je peux perdre connaissance à tout moment. « Si je perds connaissance dans la voiture, tu ne pourras rien faire, tu vas te retrouver à devoir me réanimer sur le bord de la route. Ça serait la pire situation imaginable, ramène moi à la maison. » Demi-tour, les quelques mètres qui nous séparent de la maison me paraissent interminables. Ma tête et ma poitrine sont comme prises dans un étau, ma vision se voile, j'ai les jambes en coton. Je réunis mes dernières forces pour m'extirper de la voiture et parcourir la distance qui me sépare du canapé pour m'y effondrer. Ça ne va pas mieux. Ma femme et mes filles s'affairent autour de moi : elles prennent mon pouls, touchent mon front. Une douleur aiguë commence à se répandre dans mon bras gauche. Il n'y a plus de doute, je suis en train de faire une crise cardiaque ! Malgré la douleur et mon état de faiblesse, je reste parfaitement conscient. Mes réflexes d'ancien secouriste refont surface. J'explique calmement la situation à ma femme et à mes filles, je leur donne les instructions à suivre : « Les filles, vous allez sonner chez les voisins et leur dire que je fais un malaise. Demandez-leur d'aller chercher le défibrillateur à la mairie et de se préparer à l'utiliser. Chérie, je vais probablement perdre connaissance dans les prochaines minutes : tu dois m'allonger par terre tout de suite. Ensuite, tu vérifieras mon pouls et ma respiration. Quand c'est fait, tu appelleras les pompiers. Si tu ne sens plus de pouls, il faudra commencer le massage cardiaque en attendant le défibrillateur. Rappelle-toi, tu repères la moitié du sternum et tu appuies sur la partie inférieure, bien à fond, une impulsion toutes les secondes et deux insufflations de bouche à bouche toutes les cinq impulsions. »

Me voilà allongé sur le parquet du salon. La douleur dans la poitrine est de plus en plus vive. Je me mets à trembler violemment, je sens mes membres qui s'engourdissent : d'abord des fourmillements puis une paralysie totale des bras et des jambes, je ne peux plus bouger. J'ai du mal à respirer, je suis essoufflé, j'avale de grandes goulées d'air mais il ne contient pas d'oxygène, mon cerveau s'éteint, je ne vois plus rien, tout se passe comme si je n'avais plus du tout de circulation sanguine, je suis en train de quitter ce monde. Dans une demi-conscience, je vois les gens s'agiter autour de moi. Ma femme me tient les jambes en l'air pour oxygéner mon cerveau. Un voisin me prend le pouls tandis que l'autre me masse le haut du corps pour me stimuler. « Tiens bon, les pompiers arrivent. Le défibrillateur est prêt, mais ton pouls est toujours présent. » Je n'ai plus aucune notion du temps. Je pense à ma femme et à mes filles, je vois dans leur regard qu'elles sont terrorisées mais tellement courageuses. Quoi de plus horrible que d'infliger une telle expérience aux personnes qu'on aime ! J'essaie de leur parler, qu'elles voient que je suis toujours là. Je ne sens plus du tout mon corps, je ne comprends pas pourquoi. Je suis toujours conscient, mais mon corps n'est plus là. Je trouve juste que c'est interminable, je ne sais pas combien de temps je vais tenir.

Une bonne quarantaine de minutes s'écoule dans cette situation, mais je n'ai plus la notion du temps. Mes bras et mes jambes sont de nouveau parcourus de fourmillements. Ça fait mal, comme quand on s'est endormi sur son bras et qu'il se remplit à nouveau de sang. Ma vision semble s'éclaircir. Je tremble violemment, mais je sens que mon corps se bat, je vais peut-être quand même m'en tirer. Une personne est debout au-dessus de moi. « Monsieur, vous m'entendez ? Je suis la médecin du SMUR. » Les pompiers sont là, le SMUR aussi. La pièce est remplie de monde qui s'agite. Je me retrouve bientôt bardé de capteurs, et d'appareils. La crise est passée, je sens de nouveau mes membres. Ma poitrine est toujours serrée et douloureuse, mais on dirait que je reprends vie petit à petit. Je reviens de loin !

La médecin m'examine sous toutes les coutures pendant un grand moment tout en me posant des questions. Puis elle finit par conclure « Monsieur Graton, je ne trouve rien d'anormal. Votre cœur va bien, votre pouls et votre tension sont parfaits. Les pompiers vont vous emmener aux urgences pour faire d'autres examens. »

Après une promenade en ambulance, je passe donc le reste de la journée aux urgences sous monitoring. En soirée, le médecin des urgences vient me voir et m'explique que je vais parfaitement bien. « Se pourrait-il que j'aie fait un burn-out ? » Je lui explique mes craintes, suite à la mise en garde de la médecine du travail. « C'est tout à fait possible, vous verrez ça avec votre médecin traitant, mais pour nous, un burn-out n'est pas un événement médical. Moi, ce que je constate, c'est que vous avez fait une crise d'angoisse. »

Incroyable ! Je repars donc en titubant, au bras de ma femme avec un bout de papier entre les mains : le rapport des urgences qui conclut : « Douleur thoracique sur anxiété. »

Me vl'à bien ! Démerde-toi avec ça !

2   Le calvaire médical

Qui eut cru qu'une crise d'angoisse puisse être aussi violente ? Je passe la journée de dimanche à comater dans le canapé. Je ne comprends pas ce qui m'arrive. Cette crise m'a vraiment mis à plat, je n'ai plus aucune force. Impossible de tenir debout. Je me rends compte très rapidement qu'il m'est quasiment impossible de tenir une conversation : je cherche mes mots, il me faut un temps fou pour comprendre ce qu'on me dit et au bout de quelques minutes, je décroche complètement, le cerveau en surchauffe. Je regarde une émission à la télé sans en comprendre le contenu, ça va trop vite pour moi. Ma mémoire ne va pas fort non plus. Il vous est sûrement arrivé de vous retrouver au milieu d'une pièce en vous demandant « Mais, qu'est ce que j'étais venu chercher déjà ? » Bon ben pour moi, à ce moment-là, c'est un état permanent. Je perds le fil de mes pensées constamment et je n'arrive plus à me concentrer sur quoi que ce soit.

Je commence sérieusement à me faire à l'idée que j'ai fait un burn-out. Ça y est, j'y suis. Voilà les ennuis contre lesquels on me mettait en garde depuis des mois. Mais concrètement, c'est quoi un burn-out ? Qu'est-ce qui s'est passé et qu'est-ce qui va se passer ? J'ai l'impression que mon cerveau a cramé, je ne suis plus que l'ombre de moi-même.

Arrive le lundi. Je préviens mon employeur de ce qui m'arrive et j'essaie d'obtenir un rendez-vous chez un médecin généraliste. Tous les médecins « normaux » ne reçoivent que sur rendez-vous plusieurs jours à l'avance et ne prennent pas de nouveaux patients. Depuis qu'on habite dans la région, je n'ai jamais réussi à trouver de nouveau médecin traitant. Heureusement, je n'ai pas eu souvent besoin de consulter, mais, pour ces rares fois, je n'avais trouvé de la place que chez une sorte de vieux médecin grincheux et maudit que tout le monde évite. Dans le coin, chacun a une anecdote à raconter sur lui : « Il a failli me tuer dix fois », « Il s'est trompé de prescription », « Il n'a même pas vu que j'avais la varicelle », « il m'a déboîté l'épaule en me manipulant »... Bref, un champion du monde.

Mais pas le choix, il faut bien que je voie un médecin, ne serait-ce que pour avoir un arrêt de travail : impossible d'aller bosser quand on ne tient même pas sur ses guibolles et qu'on n'arrive pas à parler !

Voilà donc notre champion en train de décortiquer le rapport des urgences. À la lecture de la conclusion, son visage s'illumine. « Tout va bien Monsieur Graton, ce n'est pas cardiaque, aucune inquiétude à avoir ! ». « Oui OK. Ça, je l'ai bien compris mais il semblerait que j'aie quand même fait un bon gros burn-out, non ? Comment se fait-il que je n'aie plus aucune énergie ? Je ne peux même pas tenir debout ! ». Me voilà lancé dans mes explications, je raconte tout ce que j'ai vécu, la mise en garde de la médecine du travail, et tous les symptômes que je constate à présent. Je le sens contrarié, il est finalement obligé de m'examiner tout en bougonnant. Puis il finit par me lâcher « Si je comprends bien Monsieur Graton, vous faites partie de ces cadres qui se mettent la pression tout seul. Vous avez bien cherché ce qui vous arrive, vous saviez très bien qu'il fallait vous ménager. Donc, demain, vous retournez au boulot, vous allez voir votre chef et vous lui dites qu'il doit diminuer votre charge de travail. » Je suis tellement abasourdi que je n'arrive même pas à protester.

Je sors du cabinet en larmes, je ne comprends rien à cette situation. Ma femme me récupère et me hisse dans la voiture. J'ai toutes les peines du monde à lui raconter ce que je viens de vivre. Je ne sais plus où j'en suis. Est-ce que je suis devenu fou ? Les médecins m'expliquent tous que je vais bien. Mais alors pourquoi est-ce que mon corps ne répond plus, pourquoi ai-je tant de mal à mettre un pied devant l'autre ? Alors ma femme me regarde et me dit « Moi, je te vois et je te crois. N'aie aucun doute, ce que tu ressens est réel. Je te connais parfaitement et je t'assure que tu ne vas pas bien. Alors on va trouver un autre médecin et on va te soigner. » Je ne remercierai jamais assez cette femme merveilleuse qui m'a toujours compris et soutenu.

Deux ans après ces événements, je réalise à quel point la situation aurait pu devenir critique si elle n'avait pas été là pour m'épauler. Si j'avais écouté ce médecin et que j'étais retourné travailler, qui sait dans quel état je serais aujourd'hui. Avec le recul, je sais ce qu'est un burn-out et c'est précisément là tout l'enjeu de cette maladie : comprendre de quoi il s'agit. C'est ça le plus difficile et le plus long, car personne ne le fera à votre place.

En rentrant à la maison, un miracle s'est accompli. Oui, un miracle, je pèse mes mots. Sans lui, je serais peut-être en hôpital psychiatrique à l'heure qu'il est. En passant le portail, notre voisin était là, en train de bricoler je ne sais quoi dans sa voiture. Il s'est approché pour prendre des nouvelles. Et les paroles qu'il a eues ont changé radicalement mon destin.

« Tu sais Noé, ce qui vient de t'arriver, c'est un gros burn-out. Je le sais, tu peux me croire, j'y ai eu droit il y a cinq ans. » Il m'a raconté sa mésaventure, ses symptômes, son chemin de croix pour s'en sortir. Enfin, je commençais à comprendre ! Je n'étais ni fou ni seul au monde avec mes symptômes incompréhensibles. Maintenant, je savais : le burn-out existe bel et bien, c'est une vraie maladie, pas juste un petit coup de mou parce qu'on a trop tiré sur la corde et qu'on est fatigué ! Même si beaucoup de personnes du corps médical le connaissent mal, aujourd'hui, je peux l'affirmer haut et fort, le burn-out est une affection médicale à part entière avec des lésions et des conséquences !

Je repartais avec en poche l'adresse du médecin traitant et de la psychologue qui lui avaient permis de s'en sortir. « Appelle-les de ma part. Eux, ils te prendront au sérieux. Tu verras, le chemin est long. Tout d'abord, tu vas devoir comprendre ce qui t'est arrivé, ça peut prendre des années, et ensuite, seulement, tu sauras quoi faire. Peut-être que tu ne guériras jamais complètement de certaines choses, comme moi qui suis arrêté définitivement pour invalidité. Mais tu en ressortiras plus fort pour tout le reste. » Cette prophétie énigmatique, rassurante et inquiétante à la fois, marquait le début de ma longue rémission...

Si tant est qu'on puisse se remettre complètement d'un burn-out !

3   Le mécanisme du burn-out

Wouah, moi qui n'avais que rarement mis les pieds chez un psychologue, j'en avais une image totalement faussée. Je pensais, comme on le voit dans les films, qu'ils étaient là pour écouter les jérémiades de personnes fragiles et en manque d'attention. Mais non, ils sont vraiment utiles, il y a même des situations comme la mienne où ils sont totalement indispensables. Ma psychologue m'a accompagné pendant une année complète et aujourd'hui je vois clairement que je n'aurais jamais pu m'en sortir sans son aide. Rendez-vous compte, ce n'est pas rien : elle m'a permis de comprendre ce qui se passait dans mon cerveau. Et vu l'état dans lequel il se trouvait, ce n'était pas une mince affaire !

La première chose dont j'ai pris conscience était que le burn-out est une maladie aussi largement répandue que méconnue. Oui, les médias nous en rebattent les oreilles : « C'est le mal de notre époque, blabla... » Mais tant qu'on ne comprend pas de quoi il s'agit, on ne réalise pas la quantité de personnes qui en sont victimes. En fait, une grande partie d'entre elles n'ont même pas la chance de pouvoir mettre un nom dessus. Alors on entend parler d'untel qui « s'est mis à l'assurance » parce qu'il n'avait plus envie de bosser, de Tatie Germaine qui ne s'en sort pas de ses antidépresseurs, d'ailleurs « elle ferait bien de se secouer un peu, tout n'est pas rose dans la vie. » Et ce « bon à rien » qui a fini par se faire virer de son boulot parce que, du jour au lendemain, il ne supportait plus la contrariété, il envoyait balader tout le monde et ne voulait plus s'impliquer dans la vie de l'entreprise. Ça y est, ça vous parle ? Derrière chacune de ces situations, il y a peut-être un burn-out non diagnostiqué et non traité qui a gravement dégénéré.

D'après ma psychologue, il semble y avoir autant de sortes de burn-out que de victimes. Et c'est bien pour ça que le milieu médical peine à intégrer cette maladie dans sa nomenclature. Les causes, le déroulement et les symptômes peuvent varier radicalement d'une personne à une autre.

Mais le phénomène physiologique est toujours le même et on peut le résumer comme étant une « démission du cerveau. »

Oui oui, ça paraît fou, mais dans cette phrase, tout est dit. Le burn-out se produit lorsque le cerveau, pour une raison ou pour une autre, décide de ne plus commander le reste du corps. Une sorte de tétraplégie, mais en moins radical et moins définitif.

Chaque individu possède ce que les psys appellent un « moi profond » qui constitue en quelques sortes le noyau dur de notre intellect. Il définit notre fonctionnement en tant qu'individu et l'ensemble des valeurs profondes que nous incarnons. À la fois résultat de l'inné et de l'acquis, c'est un véritable joyau, façonné par des millions d'années d'évolution de l'espèce humaine, par notre éducation et notre expérience. Chez la plupart des gens, ce moi profond est noble et pur, c'est lui qui nous permet d'aimer, nous rend apte à la vie en communauté, au respect des autres et de notre environnement.

Parallèlement à cela, les circonstances de la vie nous amènent tous à jouer des rôles en permanence. Certains de ces rôles sont naturels et sincères. La plupart du temps, on arrive à les jouer en accord avec notre moi profond : le rôle de conjoint, de parent, de citoyen...

Mais notre mode de vie moderne nous amène aussi à jouer certains rôles qui peuvent s'avérer totalement en décalage avec ce moi profond : le rôle de manager, de chef d'équipe, d'employé, d'employeur, ou simplement de collègue de travail. Le monde du travail créé rarement les conditions propices à ce que les gens puissent s'y comporter de façon authentique, s'y dévoiler en toute confiance. Il faut être dur et se protéger pour pouvoir donner des ordres et en recevoir sans courber l'échine, être efficace et intraitable pour tenir les objectifs qu'on nous a fixés. On se forge une carapace et on formate notre comportement et notre langage à ce que l'entreprise attend de nous. Comment être soi-même dans de telles conditions, alors que notre cerveau a été programmé au plus profond pour raisonner différemment ?

Se retrouver dans la peau d'un autre, ça a un nom : l'aliénation. S'il n'y a qu'un mot à retenir, c'est bien celui-là. Au bout d'un an de thérapie, le verdict était limpide : dans mon cas, l'aliénation était la principale cause profonde de mon burn-out. La charge mentale et le stress y avaient contribué, bien sûr, mais ils n'étaient que des facteurs aggravants.

Quand on est aliéné, notre esprit doit exécuter une gymnastique périlleuse et épuisante qui consiste à gérer le décalage entre notre enveloppe charnelle et notre moi profond : faire en sorte que nos actes et nos paroles se conforment aux exigences du rôle qui nous incombe, tout en restant conscient qu'on le fait en désaccord avec qui nous sommes réellement.

Lorsque cette aliénation est trop forte et dure trop longtemps, le cerveau n'a plus la force de lutter. Notre esprit ne peut pourtant pas céder définitivement aux exigences de ce rôle et s'y conformer, ce serait la fin, le moi profond cesserait d'exister. Alors pour se protéger, il adopte un mécanisme de défense étonnant : il abandonne notre corps, il cesse de le commander. Non pas pour le laisser mourir, mais pour le forcer à muer, à changer de peau.

Si l'on entendait parler notre moi profond à cet instant, il dirait « Désolé, j'abandonne. Je laisse tomber ce corps qui ne m'appartient plus. »

À partir de là, la ribambelle de symptômes devient logique. Toutes les fonctions qui touchent au pilotage du corps par le cerveau sont atteintes :

- L'action des muscles : on ressent une fatigue extrême et permanente alors qu'on était en bonne forme physique.

- la coordination motrice : on devient maladroit, imprécis.

- le langage : on cherche ses mots, on n'arrive plus à construire ses phrases.

- la compréhension : on entend sans comprendre, les gens doivent répéter le message maintes et maintes fois.

- la mémoire. On oublie tout, les prénoms des gens, on perd le fil de ce qu'on était en train de faire

- la concentration : impossible de lire plus de 2 minutes, toutes les tâches minutieuses sont un calvaire

- certains semblent aussi avoir des troubles endocriniens, troubles de l'humeur, prise de poids, etc.

- et enfin le symptôme le plus difficile à cerner et à guérir : une sorte « d'allergie psychologique » à tout ce qui a causé cette aliénation. On devient hyper-sensible à la manipulation et à la mauvaise foi, au mensonge et à la malveillance. C'est assez frappant de voir à quel point les victimes de burn-out deviennent des personnes sincères et authentiques, sans doute beaucoup trop directes à vrai dire, au risque de froisser les autres, parfois. Moi qui ai toujours été quelqu'un de discret et d'empathique, je prenais mille précautions de langage pour ne jamais créer de contrariété ou de tension. À présent, je me surprends à souvent dire les choses de façon crue et directe. Toujours en toute bienveillance, mais je ne suis plus capable de « faire semblant » ou d'être hypocrite. Je sais que mon cerveau n'acceptera plus jamais de s'aliéner.

Il est difficile de se rendre compte de l'ampleur de ces symptômes sans les avoir vécus. Ils sont tous impressionnants et déstabilisants. Lorsque mon nouveau médecin traitant a commencé à me prendre en charge, la première chose qu'il m'a demandée était de faire un maximum d'exercice physique pour inciter le cerveau à se reconnecter au corps. Impossible de pratiquer des sports intenses évidemment, mais je devais marcher au moins une heure par jour, tranquillement, à mon rythme. Eh bien, les premières semaines, il m'était totalement impossible de marcher plus de cinq minutes. Pourtant, l'envie était là et j'y prenais plaisir. Mais mon corps ne répondait pas. Je m'élançais avec un rythme modéré, mais décidé et au bout de quelques dizaines de mètres, mes foulées devenaient plus courtes, plus lentes, je n'avais plus aucune force, j'étais complètement essoufflé et mes jambes se dérobaient. J'étais alors contraint de faire demi-tour sous peine de me retrouver en perdition.

J'insiste sur ce symptôme de la fatigue physique, car il est très déroutant et d'autant plus difficile à faire comprendre à son entourage. Les premiers temps, on ressent quelque chose qui s'apparente à de la fatigue musculaire, mais sans les courbatures. Tout se passe comme si nos muscles avaient fondu et développaient beaucoup moins de force. Et puis au fur et à mesure qu'on guérit, au bout de plusieurs mois, la coordination motrice se reconstruit, on retrouve une habileté normale et une force musculaire correcte... Enfin celle de quelqu'un qui n'a pas fait de sport depuis plusieurs mois, du coup. Donc pas terrible quand même. À ce stade, on pourrait se dire que c'est reparti, qu'il suffit de se faire un programme d'entraînement physique et que tout va rentrer dans l'ordre. Malheureusement, ça ne fonctionne pas comme ça, car il subsiste une forme de fatigue beaucoup plus profonde, sans doute d'ordre principalement psychologique. L'envie et la motivation sont là, mais il manque toujours cette énergie, ce feu sacré qui fait qu'on va se lever de sa chaise et passer à l'action sans même y réfléchir. En fait, on est obligé de tout faire de façon consciente et en se forçant. Le burn-out donne vraiment la sensation d'avoir cramé cette réserve d'énergie vitale qui nous permet d'agir naturellement au quotidien.

Je crois que c'est la notion que j'ai eu le plus de mal à comprendre pendant ma convalescence. Avec le recul c'est devenu plus clair. Aujourd'hui quand je dois l'expliquer, j'aime bien utiliser l'exemple de ces histoires populaires où un individu lambda trouve la force de soulever sa voiture parce que son enfant est coincé dessous. La clef c'est de comprendre que la capacité physique de notre corps est une chose, mais l'intensité avec laquelle on l'active en est une autre ! D'ailleurs, les témoignages des sportifs de haut niveau vont également dans ce sens : tous disent que l'entraînement physique est important mais que pour réaliser de vraies prouesses, le mental doit aussi être à la hauteur.

Je ne suis pas assez calé en médecine ou en biologie pour expliquer cela mais il y a vraisemblablement un mécanisme qui module l'intensité du signal que le cerveau envoie aux muscles. Est-ce l'intensité du courant électrique envoyé dans les nerfs ? La densité d'un échange chimique ? Je ne sais pas trop. Mais tout se passe comme si l'on disposait d'un réservoir de cette énergie vitale et motrice : le réservoir se remplit lorsqu'émèrgent des envies et des motivations sincères, par contre son niveau baisse lorsqu'on force notre être à agir contre son gré. Ainsi, quand l'aliénation devient omniprésente et qu'aucune motivation sincère ne vient ré-alimenter le réservoir, celui-ci finit par se vider complètement. Toute l'énergie a été consumée, d'où le terme très approprié de «burnout».

Donc, il apparaît évident qu'on ne peut commencer à reconstituer cette énergie qu'une fois que notre esprit est totalement en paix avec les causes profondes qui nous ont conduits là. Dans mon cas, ça a pris au moins un an et demi pendant lequel j'avais l'impression d'être dans le corps d'un vieillard. Je devais me forcer pour les moindres gestes du quotidien alors que mon envie et ma motivation étaient pourtant intacts.

Donc sachez-le, ce n'est pas du chiqué. Quand quelqu'un fait un burn-out et qu'il reste échoué sur son canapé, ce n'est pas par fainéantise, c'est que son corps ne répond vraiment plus.

Et s'il reste là sans vous parler, avec un air hagard, ce n'est pas non plus qu'il fait la tronche, c'est juste qu'il ne comprend pas ce que vous lui dites et qu'il n'arrive pas à formuler de phrase en retour.

Maintenant, tordons le cou à une idée fausse largement répandue : « Il fait une dépression. » Non ! le burn-out n'a rien à voir avec la dépression nerveuse, ce sont des maladies totalement distinctes. Mais il est vrai qu'un burn-out mal compris et mal pris en charge peut facilement conduire à un désespoir immense déclencheur d'une dépression. Mon cas illustre bien cette distinction car je n'ai absolument jamais ressenti de baisse de moral au cours de mon burn-out, J'ai toujours conservé intacte mon envie de vivre et de mener à bien mes projets. Mais il y a fort à parier qu'il en aurait été autrement si je n'avais pas été si bien soutenu par ma famille et par mes amis ou si j'avais tardé à être diagnostiqué et pris en charge.

4   Les mésaventures personnelles

Au début de ma thérapie, ma psychologue m'a demandé de lui dresser la liste de tous mes malheurs. J'étais bien embêté. Je ne me suis jamais considéré comme quelqu'un de malheureux. J'ai même beaucoup d'admiration pour les gens qui doivent affronter des épreuves dramatiques comme la perte d'un proche ou une maladie grave et qui ont malgré tout cette flamme qui les pousse à apprécier chaque instant de la vie avec le sourire. Moi, en revanche, je n'ai jamais vécu de véritable drame personnel, j'ai la chance d'être bien entouré et de bénéficier d'un certain confort matériel. Bref, je me suis toujours senti heureux et je pensais à tort que le burn-out ne concernait que les gens malheureux.

Alors elle m'a demandé de lui dresser la liste des choses qui me contrariaient, celles du quotidien ou les galères ponctuelles que j'ai eues à affronter. Et là, il y en avait tellement que ça a pris des semaines pour en faire le tour.

Entre 2001 et 2012, on habitait un petit village de l'Isère au Nord de Grenoble. Dès notre première année d'activité, ma femme et moi avons décidé d'investir nos premiers salaires dans la construction d'une maison. Les prêts immobiliers étaient beaucoup plus accessibles à l'époque et, en se serrant un peu la ceinture, on pouvait devenir propriétaires d'une petite maison de 90 m^2 en zone rurale plutôt bien desservie. C'est là que nous avons bâti notre nid douillet et élevé nos deux filles. Tout n'était pas facile, on travaillait dur tous les deux, mais on avançait paisiblement vers une amélioration de notre qualité de vie.

Le terrain qui jouxtait le nôtre était occupé par une ancienne salle des fêtes reconvertie en salle municipale où avaient lieu quelques événements qui animaient la vie du village : le loto des anciens, le repas des conscrits, le ciné-club, le marché de Noël, le club de théâtre, la buvette du sou des écoles, le vide-grenier, etc. Tout ceci contribuait à créer une belle ambiance de village à laquelle on était contents de prendre part. Puis il y eut un changement de municipalité et la nouvelle équipe décida qu'il était judicieux de redonner à ce bâtiment sa fonction initiale de salle des fêtes. Ils commencèrent à la louer, pour une bouchée de pain, d'abord aux habitants du village, pour des événements familiaux ponctuels et plutôt rares tels que des mariages, baptêmes, anniversaires. Puis, en l'espace de quelques mois, la salle se trouva réservée plusieurs jours par semaine par des personnes venues des quatre coins du département, attirées par le cadre sympathique et le tarif imbattable.

Inutile de dire qu'à partir de là notre vie changea radicalement. On enchaînait les nuits blanches tous les week-ends, stressés par la sono des soirées dansantes. Souvent, j'attaquais ma semaine de boulot le lundi à trois heures du matin pour aller prendre le train ou l'avion, sans avoir fermé l'œil de la nuit. Et en journée ce n'était pas mieux, le va-et-vient des voitures et les parties de pétanque sur le parking ne nous laissaient aucun répit, notre vie devenait un enfer.

J'entamai bien sûr des pourparlers avec le maire en faisant valoir le caractère totalement illégal de la situation puisque l'exploitation des locaux « accueillant du public et diffusant de la musique amplifiée » est soumise à des obligations draconiennes. Le maire était conscient du désagrément, mais prétendait ne rien pouvoir faire, car la mise aux normes de la salle aurait coûté trop cher et il ne pouvait pas se désengager vis à vis de tous les locataires figurant sur l'agenda de réservation rempli à ras bord pour les deux prochaines années ! En désespoir de cause, je finis par déposer une plainte à la gendarmerie, mais rien de concret ne se passa pendant les six ans du mandat de ce maire peu scrupuleux. L'équipe municipale suivante améliora la situation en installant un limiteur de son qui coupait automatiquement l'alimentation électrique de la salle lorsque les fêtards faisaient trop de bruit. C'était un peu plus vivable, mais le fond du problème subsistait, au point que l'envie de déménager commençait à sérieusement nous effleurer l'esprit.

Côté boulot, j'étais de plus en plus chargé. J'ai toujours adoré mon métier d'ingénieur en conception de produits, mais je subissais une pression croissante au point de me dire chaque jour qu'il était matériellement impossible que je mène toute ma carrière dans l'industrie. J'y laisserais la peau avant d'atteindre l'âge de la retraite. Commençait alors à germer en moi l'envie de me mettre à mon compte pour lancer ma propre activité. Mon métier et mon expérience me laissaient envisager des tas de possibilités, tant qu'à faire dans un domaine qui me passionne.

Et justement, quand j'atteignis l'âge vénérable de quarante ans, mes proches me firent un très beau cadeau en me finançant une formation de lutherie : deux semaines intensives pendant lesquelles j'appris à fabriquer des violons de A à Z. En tant que violoniste amateur depuis ma plus tendre enfance, la lutherie m'avait toujours fasciné et ce stage fut le début d'une vraie passion dont je rêvais de faire mon métier.

Mais une reconversion professionnelle est une étape qui se prépare minutieusement. Il me faudrait un local transformable en atelier, ce que notre maison actuelle ne pouvait pas offrir. Donc si on devait déménager dans une maison qui s'y prête, il fallait le faire avant ma reconversion, tant que mon salaire était encore compatible avec un nouveau prêt immobilier. Une fois reconverti mes revenus chuteraient immanquablement, au moins de façon transitoire et plus aucun banquier ne nous adresserait la parole. Il fallait donc faire les choses dans l'ordre.

Un beau jour, alors que les filles étaient en vadrouille chez les grands-parents, ma femme et moi décidâmes de partir en promenade pour tenter de découvrir de nouveaux coins où il pourrait faire bon vivre. Dans notre région montagneuse, il n'y avait guère que deux zones rurales suffisamment accessibles et avec des tarifs immobiliers à peu près décents : le Triève et les Chambarans. On avait une grande carte en relief accrochée au mur du bureau. Notre première étape consista à identifier les petits villages bien exposés sur les coteaux plein sud des Chambarans.

On passa la journée à parcourir tous ces villages en voiture, la carte IGN dans une main, les annonces immobilières dans l'autre. En milieu d'après-midi, la petite route qu'on suivait montait en tournicotant dans la forêt et, d'un seul coup, une clairière s'ouvrit devant nous, au sommet d'une colline. L'horizon était immense, on voyait à 360 degrés. Une petite bourgade était nichée dans cet écrin que l'on décida d'explorer. À peine descendus de voiture, on se trouva enveloppés par un silence apaisant, juste troublé par le sifflement des buses qui tournoyaient au-dessus de nos têtes. On passa le reste de l'après-midi à errer dans le village et sur les sentiers de randonnée alentour. On était envoûtés.

Une pancarte « terrain à vendre » retint notre attention, mais l'endroit était mal exposé et difficile d'accès. On décida tout de même d'appeler le numéro de l'agent immobilier affiché sur la pancarte. « J'ai deux terrains en vente dans ce village, souhaiteriez-vous les visiter ? » L'un de ces deux terrains était vraisemblablement le coin sordide devant lequel on se trouvait, mais on était impatient de découvrir le deuxième.

En quelques minutes, l'agent était sur place et nous débitait son baratin. La visite du premier terrain fut vite expédiée puis l'agent nous entraîna sur un petit chemin gravillonné qui suivait le coteau et débouchait sur un grand champ en pente douce plein sud, avec un panorama à couper le souffle sur le Vercors, la Drôme et les collines des Chambarans. « C'est là », dit-il. Le regard que ma femme et moi échangeâmes à cet instant restera gravé dans nos mémoires. On était éberlués. On avait tellement galéré pour trouver l'emplacement de notre première maison. On avait dû faire des concessions, notamment la proximité de cette maudite salle des fêtes. Et là, on était tombés sur une pépite. Une opportunité qui ne se présente qu'une fois dans une vie !

Bref, vous l'avez compris, à cet instant, notre destin bascula. On savait qu'une phase de transition difficile s'annonçait, mais ça en valait le coup.

Les choses s'enchaînèrent à toute vitesse : l'achat de ce terrain incroyable, la vente de notre maison actuelle et la recherche d'un logement de location transitoire près de notre futur chantier de construction. Le hasard et le peu d'offres dans ce coin nous conduisirent à louer un véritable taudis : une petite maison des années soixante, épave thermique, insalubre et délabrée, engoncée dans un terrain très pentu et rendu totalement inaccessible par les ronces. Mais on s'en foutait, on était contents et « ce n'était pas pour longtemps. »

Malheureusement, les galères commencèrent à se succéder. C'était un festival, la scoumoune absolue, une véritable malédiction vaudou !

Tout d'abord, le maître d'œuvre en charge de gérer la construction de notre future maison nous annonça qu'il mettait la clef sous la porte, à peine après avoir déposé notre dossier de permis de construire et nous avoir extorqué une somme indécente. Les plans étaient magnifiques, un rêve absolu, tout était conforme à nos attentes. Le dossier avait été signé par l'architecte, déposé auprès du service de l'urbanisme et bientôt approuvé en bonne et due forme. Tout avait commencé comme sur des roulettes, mais d'un seul coup, on se retrouvait plantés là, coupés dans notre élan.

Qu'à cela ne tienne, il fallait poursuivre coûte que coûte. Notre constructeur nous dénicha un nouveau maître d'œuvre qui s'avéra rapidement être un feignant totalement incompétent. La phase de chiffrage était interminable, on était obligés de rechercher et de relancer nous-mêmes les entreprises pour que ça avance, mais rien n'aboutissait. Les devis n'arrivaient pas et lorsqu'on finit enfin par mettre un prix sur la construction, il fallut se rendre à l'évidence : on était à plus du double du budget initialement prévu ! Ah, c'est sûr que l'architecte nous avait dessiné une belle maison, on ne pouvait qu'être emballés ! Mais elle avait juste négligé de respecter notre budget.

Impossible de se payer un nouvel architecte pour modifier les plans, il fallait garder des sous pour le reste. Alors je dus redessiner entièrement la maison moi-même ! Guidé par le constructeur pour réduire les coûts, partout où c'était possible et à force de gamberger, je réussis finalement à monter un dossier de plans beaucoup plus réaliste et à déposer le permis modificatif correspondant.

Deux mois plus tard, la construction débutait, avec un an de retard, sous la pluie, en pleine gadoue. Les artisans commencèrent à se succéder, tous plus incompétents et négligents les uns que les autres. Chacun y allait de sa petite bourde aux conséquences plus ou moins désastreuses. Le nouveau maître d'œuvre était aux abonnés absents malgré nos remontrances permanentes au point que j'étais contraint de poser des jours de congé chaque semaine pour surveiller le chantier comme le lait sur le feu et tenter de rattraper les bourdes au fur et à mesure. L'apothéose fut atteinte lorsqu'on découvrit que la maison était trop haute de 70 cm et emplafonnait joyeusement la hauteur maximale autorisée par les règles d'urbanisme. Je compris après coup que notre maître d'œuvre avait pris l'initiative de faire ériger les murs plus hauts que prévu sans nous en avertir !

Heureusement, le constructeur assuma sa responsabilité et mit tout en œuvre pour résoudre le problème. Le toit était déjà en place avec ses tuiles, impossible de le démonter. Il fallut donc l'étayer pour le maintenir en l'air pendant qu'on raccourcissait les murs. Ensuite, on le fit descendre progressivement en desserrant les étais. Une opération titanesque. Après cette épreuve, je dus tout de même déposer une troisième demande de permis modificatif pour mettre en conformité la hauteur finale du toit, ce qui occasionna encore 3 mois supplémentaires de retard.

Un samedi matin, quelqu'un sonna à la porte : « Bonjour, je suis huissier de justice et je viens vous remettre une assignation à comparaître. » Notre future voisine de derrière, contrariée d'avoir une nouvelle maison dans son champ de vision avait décidé de déposer un recours à notre permis de construire, hors délai et basé sur un prétexte totalement bidon et indéfendable. Par chance, je suis quelqu'un de perfectionniste et notre dossier était totalement inattaquable. La construction était conforme dans les moindres détails au permis et aux règles d'urbanisme. Mais cette parenthèse judiciaire dura tout de même deux ans, car, non contente de se faire débouter en première instance, notre sympathique voisine décida de faire appel pour finalement se retrouver condamnée à nous verser une grosse amende pour recours abusif.

Pendant ces deux années, je vous assure que nos esprits n'ont jamais connu de repos. On avait beau savoir qu'on était dans notre bon droit, on ne pouvait pas s'empêcher d'imaginer le pire. Les décisions de justice ne sont pas toujours prévisibles. Si l'on se retrouvait avec un ordre de démolition, c'était la ruine et la rue pour le reste de notre existence !

Mais bien avant cet heureux dénouement, notre deuxième maître d'œuvre fut licencié sans ménagement de son entreprise (on se demande pourquoi !), alors que la maison était à peine hors d'air. Notre budget n'étant pas extensible à l'infini, impossible de contracter un nouveau maître d'œuvre. Un choix cornélien s'offrait à nous : saisir la justice pour que l'entreprise de maîtrise d'œuvre honore ses engagements, ce qui supposait de faire passer des experts pour constater l'état d'avancement et toutes les malfaçons, puis attendre une décision de justice sans doute plusieurs années avant que le chantier ne puisse redémarrer, ou bien terminer la maison nous-mêmes. Écœurés par les procédures judiciaires et impatients de pouvoir emménager, on ne mit pas longtemps à opter pour la deuxième solution. Notre chantier tourna donc à l'auto-construction bien malgré nous. Toutes nos soirées et nos week-ends étaient désormais consacrés à visser, scier, clouer, peindre, etc.

Mais la scoumoune ne nous lâchait pas et c'est notre taudis de location qui commença à nous causer de gros ennuis. Depuis notre emménagement, on luttait contre la prolifération de moisissure dans toutes les pièces, contre la pluie qui dégoulinait à l'intérieur le long des menuiseries, les fourmis et les limaces géantes qui envahissaient la cuisine... La propriétaire n'était pas du tout coopérative et on avait d'autres chats à fouetter que de la harceler, donc on avait laissé courir en serrant les dents. Mais d'un seul coup, en l'espace de quelques semaines, ce fut un enchaînement de catastrophes : l'installation électrique rendit l'âme, la chaudière à gaz aussi, ce qui nous laissa 3 semaines sans chauffage ni eau chaude en plein mois de décembre, un vieil arbre mort commença à s'effondrer sur le toit, une tempête déracina deux sapins de 15 mètres dans le jardin, le champ d'épandage des eaux usées se boucha ce qui empêchait de tirer la chasse des toilettes, la ligne internet se coupait toutes les semaines pendant plusieurs jours... Et j'en passe. La propriétaire fut bien obligée de prendre des mesures à contre cœur et bientôt, en plus de notre construction, on se retrouva à devoir subir des travaux dans notre logement transitoire. L'horreur. Réfection complète de la toiture, isolation, réfection de l'installation électrique, pose d'une Ventilation Mécanique Contrôlée, débroussaillage du terrain...

Mais on prenait les choses avec philosophie. On ne mesurait même plus le retard de notre construction. L'essentiel, c'était que les choses continuent d'avancer quand même un peu. Et étape par étape, la maison finit par devenir à peu près habitable quelques mois après mon burn-out, et quatre ans après le tout premier dépôt de permis ! Il y avait encore des centaines de choses à finaliser, mais on prit quand même la décision d'emménager début mars 2020 et grand bien nous en prit, car 2 jours plus tard, le gouvernement décrétait le premier confinement de la Covid 19. Paradoxalement, ce confinement fut l'une des périodes les plus heureuses de notre vie.

Il faut se rendre à l'évidence, ces quatre années furent un véritable enfer. Pour autant, tout le stress et la surcharge mentale auxquels je dus faire face ne suffisent pas à expliquer le déclenchement d'un burn-out. Il est vrai que ma résilience a forcément été affectée pendant cette période, mais, lorsqu'on se bat pour quelque chose que l'on souhaite, que l'on a choisi, nos ressources sont immenses. Certaines personnes vivent des choses infiniment plus éprouvantes sans pour autant s'effondrer.

Il fallut donc continuer à rechercher les causes profondes de mon burn-out. Ma psy me demanda alors de réfléchir à des conflits de valeurs auxquels j'aurais eu à faire face et cette fois, c'était du côté du monde du travail qu'il fallait creuser.

5   L'aliénation au travail

Je ne vais pas vous infliger un récit complet de ma carrière et de toutes les contrariétés qui m'ont tordu le bide. Ce ne serait même pas très intéressant, car on vit tous des choses difficiles au boulot. Alors je vous ai sélectionné un florilège de thèmes et de séquences que je trouve particulièrement représentatifs des mécanismes d'aliénation auxquels on peut se retrouver plus ou moins exposés.

Pour commencer en douceur, je vous parlerai d'un thème assez surprenant : la tenue vestimentaire. C'est un sujet qui ne revêt potentiellement aucune gravité, mais qui pourtant est tellement révélateur du niveau d'aliénation auquel on est couramment soumis sans même s'en rendre compte ! Il m'a poursuivi pendant toute ma carrière, dans toutes les différentes entreprises que j'ai fréquentées.

Mon tout premier électrochoc fut en 2004. Je venais de passer manager d'une petite équipe de quatre personnes et on avait la chance d'accueillir un jeune technicien stagiaire. Comme beaucoup de jeunes de son âge, ce n'était pas un grand fan de la lessive ni du fer à repasser et il lui arrivait régulièrement de débarquer au boulot avec des t-shirts complètement froissés.

Vous le savez bien, dans l'industrie, il y a des tas de codes implicites et l'habillement en fait partie. Même si les choses ont pas mal évolué ces dernières années, il est toujours de bon ton d'adopter une tenue « correcte » sans pour autant être nécessairement guindé. Le problème, évidemment, c'est que tout le monde n'a pas la même perception de ce qui est « correct ». Le « costard-cravate » ne se pratique presque plus de nos jours, mais la chemise (repassée) et les pantalons longs sont encore le standard dans beaucoup d'entreprises.

Un jour, mon supérieur me coinça dans un couloir et me dit que je devais absolument parler à mon stagiaire pour lui faire comprendre qu'on attendait de lui un « effort vestimentaire », au moins qu'il repasse ses t-shirts. « Tu es son manager, c'est à toi de lui inculquer les codes du monde du travail. »

J'étais évidemment très mal à l'aise. Je n'avais aucune envie d'aller faire cette remarque vexante à ce jeune qui par ailleurs fournissait un excellent travail et ne méritait que des encouragements. Mais d'un autre côté, il fallait bien lui faire prendre conscience de ce fameux code vestimentaire qui pourrait lui jouer des mauvais tours à l'avenir.

Je ne voulais pas me précipiter alors je me mis à ressasser le problème pendant plusieurs jours jusqu'à ce qu'une discussion au café avec un collègue ne finisse par éclairer ma lanterne. Il me dit « Tu sais, quand les gens ont une perception différente d'un sujet, la seule chose qui compte, c'est ce que dit la loi. » Il se trouve que ce collègue avait été délégué du personnel pendant quelques années, il avait donc de bons réflexes de ce point de vue. Il m'aida à dénicher le règlement intérieur de l'entreprise et les passages du Code du Travail concernant la tenue vestimentaire. Le règlement intérieur ne faisait aucune mention d'une quelconque contrainte vestimentaire, et pour cause, ça aurait été totalement illégal puisque l'article L1121-1 du Code du travail est catégorique : « Nul ne peut apporter aux droits des personnes et aux libertés individuelles et collectives de restrictions qui ne seraient pas justifiées par la nature de la tâche à accomplir ni proportionnées au but recherché. » En gros, l'employeur n'a tout simplement pas le droit d'imposer la moindre contrainte vestimentaire à ses employés en dehors des « Équipements de Protection Individuels » ou d'une « tenue de représentation », lors d'une visite d'un client par exemple, ou s'il tient un stand dans un salon ou le guichet d'accueil de l'entreprise, etc.

Donc mon supérieur était tout simplement en train de me demander quelque chose d'illégal. Et, même pire, faire ce genre de remarque à l'un de mes subordonnés pouvait relever du harcèlement !

Je me dépêchai donc de partager mes trouvailles avec mon supérieur qui eut une réaction d'une grande lâcheté. « Ah oui, tu fais référence à ses t-shirts froissés. Non mais je disais ça juste au cas où tu aurais pu lui en glisser un mot en tant qu'ami, évidemment qu'il ne faut pas lui faire la remarque formellement. »

Malheureusement, cette expérience me servit à maintes reprises au cours de ma carrière. Deux ans plus tard, je devais défendre l'un de mes meilleurs concepteurs que la Direction voulait mettre à pied pour s'être pointé à la réunion d'information du personnel sans la chemise aux couleurs de l'entreprise. Dix ans plus tard, c'était un jeune collègue qui avait commis l'affront de se pointer dans le bureau d'étude en « pantacourt » pour essayer de survivre à une panne de climatisation. Les vieilles rombières du bureau d'à côté avait été choquées de voir ses mollets poilus et en avaient glissé un mot à la Direction. Et je ne parle pas des jeunes femmes que j'ai pu accueillir dans mes équipes et qui encaissaient des remarques régulières, y compris de la part de la Direction, sur leurs tenues trop osées, ou trop voyantes, sur leur coupe de cheveux, leurs piercings ou leurs tatouages... J'ai vu ces jeunes femmes encaisser stoïquement des propos qu'elles n'auraient jamais laissé passer dans leur vie personnelle. Mais quand ça se passe au travail, on a l'impression que c'est son emploi et sa reconnaissance qui sont en jeu, alors on repousse spontanément les limites de ce qu'on est prêt à accepter.

Eh oui, la tenue vestimentaire, et même, plus largement, l'apparence physique sont des domaines que l'on prend trop à la légère. Ils donnent souvent lieu à des taquineries entre collègues mais lorsqu'il s'agit d'injonctions venant de la hiérarchie, c'est d'une grande violence. L'individu se sent dépossédé de son droit d'avoir sa propre personnalité. On lui demande de rentrer dans un moule, de s'aliéner.

Je n'ai jamais été victime de telles injonctions en tant que salarié (il aurait fait beau voir !), mais j'ai subi ces injustices de plein fouet en tant que manager contraint de devoir défendre ses équipes. Dans ces moments là, je me suis senti incompris et brutalisé par des dirigeants peu scrupuleux et ignorants de la loi. Moi aussi, on cherchait à m'aliéner dans le rôle de celui qui doit incarner et défendre une certaine vision de l'aspect idéal du salarié.

Le thème suivant concerne la mauvaise foi stratégique de certaines entreprises.

Lorsqu'on rejoint une entreprise, on est généralement content d'en adopter l'état d'esprit, de s'identifier à cette image qui nous a attirés. Mais quand on découvre que cette entreprise se comporte mal sur le marché, ça peut être dévastateur, on peut se sentir trahi et instrumentalisé.

Vers le début de ma carrière, j'ai travaillé une dizaine d'années dans l'industrie automobile. C'est un domaine difficile et intraitable, mais aussi exaltant, quand on est un jeune ingénieur passionné de technologie. J'étais heureux de contribuer à faire progresser le transport individuel vers des solutions plus efficaces, plus agréables et plus respectueuses de l'environnement.

À peine débarqué dans cet univers, ce fut un peu la douche froide. Je dus constater que la plupart de mes collègues étaient plus des passionnés de « grosse mécanique » que tournés vers l'innovation et le changement. Ils étaient impatients de cramer du pétrole et d'user de la gomme quand arrivait le week-end et tout véhicule de moins de cent chevaux ne méritait même pas qu'on s'y intéresse. Et cette mentalité était largement encouragée par la Direction qui payait des stages sur circuit et des grosses voitures de fonction bien polluantes à ses cadres les plus méritants.

Je me sentais comme un agneau au milieu d'une meute de loups. Avec ma sensibilité plutôt écolo, je n'avais pas trop intérêt à l'ouvrir à la pause-café. Quand j'arrivais à vélo le matin, mes collègues me regardaient compatissants. « T'aurais dû me dire que ta voiture était en panne, je serais passé te chercher ! »

Mais les mentalités commençaient à évoluer, on parlait de fin du pétrole, la pollution atmosphérique était au centre des débats politiques et certains scientifiques commençaient même à avancer l'idée saugrenue que le climat était en train de changer. Alors je me disais secrètement, « Ça y est, le monde automobile va entrer en mutation, on n'a plus le choix », et j'étais impatient de pouvoir enfin apporter ma contribution à ce changement. Quelques collègues autour de moi commençaient à ouvrir leur gueule, à critiquer le culte de la grosse bagnole, à venir en bus ou en train. Au labo, on testait des voitures hybrides pour mesurer les réductions de consommation, on suivait attentivement l'évolution technologique des batteries et le service marketing se démenait pour essayer de comprendre les changements de notre société.

Je n'oublierai jamais le salon de l'automobile de Francfort de 2007, l'année de la soi-disant prise de conscience du monde automobile. Tous les stands étaient peints en vert, il y avait des arbres et des planètes sur toutes les enseignes, c'était à qui afficherait la plus basse consommation de ses voitures. Mais quand je vis que même les constructeurs de gros SUV faisaient l'éloge de leurs efforts écologiques, je compris vite la tournure qu'allaient prendre les choses : on entrait dans une grande ère de « green washing » (l'art de présenter comme écologique un produit qui ne l'est pas spécialement).

La Direction de mon entreprise ne tarda pas à déployer sa nouvelle vision. Il fallait absolument surfer sur cette mode écolo, mais en changeant le moins de choses possible à notre industrie, histoire de rentabiliser au maximum nos investissements passés. D'un seul coup, c'était un festival : des produits qu'on fabriquait depuis 15 ans se paraient de mille vertus. Il suffisait de changer un détail, d'ajouter une fonction anecdotique et on se vantait d'opérer une révolution verte. C'est l'époque à laquelle furent commis les actes qui donneraient lieu plus tard au fameux « dieselgate » : certains constructeurs s'amusaient à trafiquer la programmation des calculateurs pour les rendre capables de détecter le moment où la voiture passait le test d'homologation. À partir de là, le calculateur modifiait les réglages du moteur en conséquence pour obtenir une bonne note de pollution et de consommation... pendant le test uniquement, alors que sur la route les voitures relâchaient des nuages toujours plus noirs au démarrage.

De notre côté, on travaillait sur de petites innovations comme le « Stop-and-Start » qui consiste à couper le moteur automatiquement quand on ne s'en sert pas. Aujourd'hui ça paraît bien dérisoire face à l'ampleur des défis environnementaux qu'on doit relever. Pour moi, ce fut une belle période d'aliénation où je n'étais pas franchement libre de proposer les innovations qui me paraissaient les plus prometteuses, alors que c'était une grande partie de la mission pour laquelle j'avais été embauché. Chez les clients, je devais défendre nos arguments, même si je savais qu'ils étaient bidons. On me demandait de relayer la parole officielle. La gestion des projets était aussi une grande source de frustration, car je voyais qu'on gâchait nos budgets de Recherche et Développement sur des sujets qui n'allaient pas vraiment dans le sens d'un meilleur futur pour la planète. Et lorsque je montais au créneau auprès de la Direction pour défendre mes idées, on m'expliquait que la priorité était de bosser sur les produits susceptibles de générer le plus de revenu rapidement, qu'on n'était pas des mécènes chargés de sauver le monde. On avait même des projets qui n'étaient là que pour drainer des finances publiques. On savait pertinemment qu'ils n'aboutiraient jamais, le but était au contraire de les faire durer le plus longtemps possible. Du coup, chaque année, je passais un temps fou à rédiger des dossiers de « Crédit Impôt Recherche » pour extorquer des sous à l'état.

Le troisième thème concerne la lâcheté managériale. Ces situations où la Direction vous demande d'exécuter la sale besogne à leur place. Je pourrais malheureusement citer de très nombreux exemples, mais je ne vous en soumettrai qu'un seul qui m'a particulièrement traumatisé.

Je venais de rejoindre une nouvelle entreprise depuis quelques mois en tant que responsable d'un petit bureau d'études de sept-huit personnes. On était en pleine croissance et on avait recruté deux jeunes techniciens pour un Contrat à Durée

Déterminée de six mois. L'un d'eux arrivait au terme de ce contrat et comme l'activité progressait bien, il fallait renforcer l'équipe de façon durable, on envisageait donc de lui proposer un Contrat à Durée Indéterminée.

Mon supérieur mit à jour le budget et le business plan et monta voir le Directeur Général pour demander la permission pour cette embauche. Tout était logique et étayé donc le DG donna sa bénédiction, non sans avoir vérifié tous les chiffres en long en large et en travers. Le jeune en question avait pas mal de congés à solder pour sa fin de contrat et il avait donc prévu de s'absenter les jours suivants pour une période de deux semaines. Mon supérieur me demanda de lui signifier rapidement notre intention de lui proposer un CDI à son retour, de peur qu'il ne mette à profit ces deux semaines pour rechercher du travail ailleurs. Je me fis donc un plaisir de lui communiquer la bonne nouvelle, en tête-à-tête dans une salle, à l'occasion de son bilan de fin de période. Il était fou de joie et partit en congé avec le sourire.

Évidemment, ce qui devait arriver arriva : l'un des marchés desservis par notre entreprise était en fort ralentissement depuis plusieurs mois et, quand vint le moment de consolider les résultats financiers du trimestre, ce fut le drame. La Direction était choquée de voir des résultats inférieurs aux prévisions et mit en place des restrictions financières immédiates dont le gel de toutes les embauches. Mon supérieur défendit bec et ongles le dossier de notre jeune technicien, faisant valoir que mon bureau d'étude était au contraire positionné sur un marché porteur qui contribuait à redresser nos revenus et qu'il fallait donc y renforcer notre action. Mais rien n'y fit, le DG refusa catégoriquement de signer le contrat. Je fis également valoir auprès du service des ressources humaines que notre position était légalement très discutable, car le message qu'on m'avait demandé de délivrer à ce jeune était ni plus ni moins qu'une embauche orale dont on ne pouvait pas se dédire. La Directrice des Ressources Humaines me dit cyniquement qu'on ne risquait rien, car il n'aurait aucun moyen de le prouver. Au passage, elle me fit également remarquer que j'étais moi-même en fin de période d'essai et que la posture que j'adoptais ne lui plaisait pas !

Annoncer cette mauvaise nouvelle à mon technicien à son retour de congé fut l'un des moments les plus difficiles de ma carrière. Ça me tord encore le bide aujourd'hui. J'ai toujours eu l'habitude de faire des choses difficiles et désagréables au boulot. Annoncer des mauvaises nouvelles ou faire des remontrances fait partie du quotidien des managers. Mais là, c'était différent : la Direction nous avait trahis et je me retrouvais à délivrer un message qui n'était pas le mien. J'aurais apprécié que le DG assume les conséquences de son revirement en venant l'annoncer lui-même à cette personne, plutôt que de m'utiliser comme fossoyeur.

Ensuite, comment ne pas évoquer les défaillances managériales sans parler tout simplement de l'incompétence technique ? Peut être le fléau le plus édifiant de l'industrie, qui ne cesse de me surprendre depuis le tout début de ma carrière et qui provoque des dégâts considérables sur l'efficience des entreprises et sur la relation des salariés à leur travail. Non seulement on trouve relativement peu de managers qui aient de réelles compétences managériales, mais une grande partie d'entre eux ne maîtrisent pas non plus le domaine technique dans lequel ils exercent ! A l'opposé du modèle japonais ou un salarié doit commencer «au bas de l'échelle» (quelle expression détestable!) et gravir les échelons en faisant ses preuves, notre modèle occidental répond à la logique inverse : le manager est décrété instantanément et propulsé sur son piédestal. Alors on a le devoir de lui faire confiance avant même qu'il ait fait ses preuves. C'est le chef, celui qui prend les décisions dimensionnantes, et pourtant personne ne semble exiger qu'il maîtrise le contenu de ce qu'il manage, c'est tout de même un comble !

Lorsque je suis moi-même passé manager, j'avais exercé mon métier de concepteur produit pendant six ans. Même si j'étais loin de tout maîtriser, j'avais acquis une certaine expérience que j'étais content de pouvoir partager et mettre au profit de prises de décision qui aurait un effet plus direct sur la qualité des produits que l'on mettait sur le marché. Mais dès les premiers jours de ma prise de fonction, mon supérieur m'a dit : «Va au service informatique et demande leur un PC portable car tu en aura besoin pour animer les réunions... Et puis dis-leur de supprimer ton accès aux logiciels de CAO (Conception Assistée par Ordinateur), tu n'en auras plus besoin.»

Pardon ? Comment était-ce possible ? Est-ce qu'on demande à un maçon de quitter ses bottes parce qu'il devient chef d'équipe ? A un boulanger de ne plus toucher la farine parce qu'il embauche des employés ? Comment pouvais-je diriger, former, et évaluer mon équipe si je me détachais moi-même du métier ? Je me suis battu bec et ongles pour garder mes licences de CAO et, avec le recul, je m'en félicite chaque jour. Ça n'a pourtant pas été facile. Dans toutes les entreprises où j"ai exercé, il m'a fallut lutter contre cette aberration. On me refusait les formations aux nouveaux outils, alors je me formais tout seul dans mon coin, on ne voulais pas me fournir de station de travail performante, alors je faisais tourner ces gros logiciels en mode dégradé sur ma pauvre configuration bureautique... mais j'ai tenu bon et heureusement, sans quoi je serai certainement devenu un de ces managers qui ne managent que du vent, qui mettent la pression sur leurs subordonnés sans leur fournir ni les moyens ni les indications dont ils ont besoin, qui remplissent les évaluations annuelles au jugé, sans avoir d'idée précise de ce qu'il y a derrière les compétences attendues.

Évidemment, quand on manage une équipe projet, on n'est plus que rarement amené à exécuter soi-même les tâches concrètes comme le modelage en 3D, la mise en plan, le choix des matériaux ou les calculs de résistance mécanique. Mais on doit tout de même évaluer le résultat et donner des instructions pour corriger le tir. Au final, ça reste une démarche de concepteur à part entière, avec plus de sous-traitance des tâches mais avec aussi une plus lourde responsabilité sur le résultat final. Autrement dit, les concepteurs et leur manager exercent le même métier de base, ce n'est que la fonction qui change ! En gardant la maîtrise de mes outils de conception, je n'ai jamais eu besoin d'enquiquiner mon équipe pour extraire des images de produits afin d'illustrer une présentation, de leur taper sur l'épaule pour ouvrir un modèle 3D envoyé par un client, de les déranger pour esquisser une proposition de modification, de leur demander d'imprimer des plans pour montrer à un fournisseur, j'ai toujours pu former les jeunes recrues aux outils et aux procédures, les dépanner à chaque fois qu'ils butaient sur un choix technique ou contre un obstacle matériel...

Je suis très fier d'avoir su garder cette part d'intégrité, ce lien fondamental avec le savoir-faire profond de mon métier. Par contre, j'ai pu constater amèrement chaque jour à quel point beaucoup de mes collègues managers ou de mes supérieurs hiérarchiques avaient totalement sombré et perdu ce lien, au point de ne plus du tout être capables de prendre de décision technique. Quand il s'agissait de décider du devenir d'un produit, de chercher des façons de l'améliorer, de résoudre une malfaçon, d'améliorer nos outils et nos méthodes de travail, c'était le vide intersidéral. Personne ne savait quoi faire et, bien souvent, ça se terminait par des prises de décision alambiquées et malheureuses, comme celle de faire appel à des cabinets extérieurs, eux-mêmes encore plus éloignés du sujet.

Devoir évoluer dans cet univers ou l'incompétence est normalisée et acceptée m'a profondément usé. J'ai très souvent occupé, bien malgré moi, le rôle de celui qu'on appelle à la rescousse dans les situations désespérées, seul dirigeant encore capable de comprendre quelque choses aux problématiques techniques. Mais la part de reconnaissance et de satisfaction était souvent bien maigre alors que je me retrouvais enlisé dans des bourbiers que je n'avais pas créés et sur lesquels je n'avais pas grand pouvoir d'amélioration.

Passons au cinquième thème d'aliénation : la « culture d'entreprise ». C'est très à la mode ces dernières années et aussi surprenant que cela puisse paraître, c'est l'une des plus grandes sources d'aliénation de notre quotidien. Ça n'a rien de méchant dans l'absolu, mais ça créé un terreau fertile à l'apparition du burn-out, car on attend des employés qu'ils adhèrent tous à des valeurs communes, qu'ils acquièrent certaines qualités et certains comportements pré-établis, qu'ils se glissent dans la peau du salarié idéal, celui qui incarne parfaitement la personnalité de l'entreprise, et non plus la sienne.

Mais pas de problème, on pourrait presque appeler ça de « l'aliénation positive ». Après tout, on ne cherche qu'à aider les gens à devenir meilleurs, non ? Et puis, finalement, l'employé n'est aliéné que pendant son temps de travail, libre à lui de redevenir qui il est vraiment une fois rentré à la maison.

Mais réfléchissons deux secondes : est-il écrit sur un contrat de travail ou dans le Code du Travail que le salarié a l'obligation de se conformer à une culture d'entreprise ? Qu'il doit incarner des valeurs qu'on lui dicte ? Qu'il doit tout faire pour instaurer de la convivialité et de la bonne humeur autour de lui ? Bien sûr que non ! Même si elles sont toujours motivées par de la bienveillance, ces pratiques résultent d'une interprétation abusive de la relation entre employeur et employé. De façon générale, tout ce qui relève de l'emprise n'a rien à faire dans une relation professionnelle. Le salarié « n'appartient » pas à son employeur et il n'est pas non plus investi d'une mission d'acteur.

Et à l'inverse, le salarié n'a pas non plus à considérer que l'entreprise lui doit le bonheur absolu. Ce n'est pas une mère censée combler tous ses besoins. Le contrat de travail ne stipule pas que l'entreprise a l'obligation de garantir une meilleure vie à ses employés, un salaire en constante augmentation, un cadre de travail idyllique ni qu'elle doit les prémunir de toute déception ou de toute mésaventure.

Le contrat de travail n'est qu'un échange de services, pas un rapport de soumission ou de domination. Alors pourquoi ne pas simplement s'en tenir à ça et se foutre la paix sur tout le reste ?

Mettez-vous dans la peau d'un employé submergé de boulot qui se bat au quotidien pour boucler le minimum vital, se focaliser au mieux sur ses objectifs pour assurer l'avenir et la prospérité de la boutique. Il n'arrive pas à tout faire, il doit se cantonner à l'urgence et rallonger ses horaires de travail. Et un jour on vient le chercher la bouche en cœur pour lui demander de participer à une demi-journée de réflexion sur les valeurs de l'entreprise : « C'est plus important que tout le reste, tu comprends, c'est ce qui définit notre identité. » Et quelques semaines plus tard, c'est un séminaire de deux jours pour « renforcer la cohésion des équipes ». Puis une journée de réflexion sur la « mission de l'entreprise ». Puis un atelier pour organiser la « journée convivialité », etc.

Délivrer des injonctions contradictoires est un acte violent. Ici, on a d'une part « Tu dois bosser dur et bien employer tes journées pour atteindre les objectifs de ta mission » et d'autre part « Viens avec nous, libère du temps pour faire des trucs qui n'ont rien à voir avec ta mission, même si ça doit te mettre encore plus en difficulté pour tout le reste. »

D'ailleurs, de façon plus générale, faut-il vraiment se préoccuper de bien-être au travail ? C'est une question de perception. Certains pourront se sentir comblés d'y trouver une « grande famille » mais pour d'autres, ça peut être vécu comme une contrainte injustifiée s'ils se sentent forcés de sympathiser avec des gens qu'ils n'auraient pas spontanément choisis pour amis.

Si des affinités et des valeurs communes doivent émerger entre les gens, il faut que ce soit naturel, on ne peut pas dicter les sentiments. Alors laissons les choses se faire toutes seules.

Je pense que chercher à forcer le bien-être, c'est se tromper de combat, car c'est avant tout l'exercice de notre métier qui est susceptible de nous épanouir et non pas les conditions environnantes à elles seules, même si elles y contribuent un petit peu. Alors, non, le bien-être au travail ne consiste pas à refaire la déco des bureaux et à mettre un baby-foot dans la salle de pause. Le vrai bien-être, c'est quand les gens peuvent faire leur boulot sereinement et efficacement, rien de plus.

Non, on ne crée pas de motivation au travail, celle-ci est tout simplement induite par les conditions du contrat de travail (mission, salaire, lieu, horaires...), elle n'est pas extensible à l'infini. Vouloir développer une culture d'entreprise incantatoire ou vouloir convaincre les salariés que « l'entreprise est une grande famille » sont des mécanismes globalement contre-productifs, voire dévastateurs.

Pour les entreprises qui déplorent des épidémies de burn-out, le remède est simple : cesser toute emprise sur les employés, arrêter les injonctions, leur faire confiance, arrêter de les fliquer, leur lâcher la bride sur tout ce qui complique leur quotidien. Il faut leur donner la liberté de faire évoluer leurs outils et leur environnement, une certaine souplesse sur les horaires et sur la prise de congés, une libre pratique du télétravail aussi souvent que possible.

En mettant de l'huile dans l'articulation vie professionnelle / vie personnelle, on permet à chacun de se désaliéner plus facilement lorsqu'il rentre chez lui. On incite son cerveau à bâtir des repères solides pour distinguer ce qui relève du rôle qu'on doit incarner au boulot et ce qui relève de la « vraie vie », celle où notre moi profond reprend le dessus.

Une erreur fréquente consiste à vouloir établir des repères matériels pour nous aider à distinguer ces moments de transition d'un rôle à l'autre : je monte dans la voiture pour rentrer à la maison, donc je ne pense plus au travail et j'éteins mon téléphone portable professionnel. OK, pourquoi pas, c'est radical. Sauf que les vrais limites sont psychologiques et les associer à des repères matériels est une habitude dangereuse qui peut conduire à tromper le cerveau et alimenter la confusion.

Je pense qu'on est tous d'accord pour dire que, si votre patron vous appelle pendant le week-end, c'est juste intolérable. Oui mais si ce coup de fil est pour vous avertir qu'il ne pourra pas vous récupérer à l'endroit prévu lundi matin pour partir en visite chez le client, alors ça n'a rien à voir avec de l'ingérence dans votre vie privée, ça relève juste du savoir vivre le plus élémentaire. Attention donc à ne pas confondre «droit à la déconnexion» et «devoir de déconnexion» !

Je trouve infiniment plus sain de laisser votre téléphone allumé quitte à sermonner sans ménagement votre patron s'il en abuse, car vous priver de la possibilité d'être joint en cas de vraie nécessité ne vous facilitera pas la vie non plus.

L'exemple du télétravail est encore plus flagrant : beaucoup de personnes sombrent totalement dans ce contexte qui les prive des petits repères matériels dont ils avaient pris l'habitude. D'un seul coup c'est le flou total. Puis-je m'autoriser à me lever de mon poste pour aller boire un café ? A aller ouvrir la porte au livreur ? A garder mon enfant malade ? A m'absenter pour un rendez-vous médical ? On voit bien qu'ici la logique habituelle de la déconnexion guidée par des repères matériels n'a plus aucun sens. Votre seule chance est d'exercer votre cerveau à repérer à chaque instant si vous êtes en train d'œuvrer pour vous ou pour votre employeur, si vous êtes sensé vous rendre disponible pour le travail ou pour la vraie vie, et à dresser un bilan régulier de la quantité d'énergie et/ou de temps que vous allouez à chacun des rôles. C'est également cette prise de conscience et elle seule qui vous permettra de sortir volontairement d'un rôle pour vous réfugier dans l'autre afin de vous accorder des pauses salutaires.

Ce n'est pas parce que vous êtes à la maison, téléphone éteint, que votre esprit ne risque pas de se laisser envahir par les tracas du boulot, mais uniquement parce que vous aurez décidé en toute conscience de vous consacrer pleinement à votre vie personnelle à cet instant. Ce mécanisme libérateur ne peut être que psychologique, et non pas matériel.

Par ailleurs, j'ai toujours été surpris par cette espèce d'angoisse des Directions d'entreprises qui se persuadent qu'il faut absolument maintenir les gens sous emprise de peur qu'ils refusent d'obéir ou qu'ils travaillent moins. C'est totalement absurde. Personnellement, je n'ai pas un seul exemple en tête d'un employé qui aurait un jour refusé de faire ce qu'on lui demandait. Parfois, il peut y avoir de l'incompréhension ou des réticences, mais l'insubordination pure est extrêmement rare. Et pour cause : les employés sont là de leur plein gré, et s'ils restent, c'est parce que les conditions de leur contrat de travail les satisfont. Le jour où ce n'est plus le cas, ils s'en vont et c'est un mécanisme tout à fait sain.

Quant au fait de maintenir les gens sous emprise pour essayer de les faire travailler plus, ça ne fonctionne juste pas : on a tous une certaine quantité d'énergie à dépenser. Même si on sait tous donner un coup de collier quand il le faut, ça ne peut pas être un état permanent. Qui plus est, ça se fait toujours au détriment d'autres efforts que l'on relâche par ailleurs, dans le domaine personnel ou professionnel, et on en paye les conséquences à moyen terme sur notre efficacité. Donc le seul vrai levier dont dispose l'entreprise, c'est de faire en sorte que les gens apprécient leur travail, pour que ça les incite à y consacrer une plus grande part de cette énergie limitée dont ils disposent.

J'ai passé vingt quatre ans à pester contre les gens qui ne foutaient rien au boulot : vous savez, ceux qui sont toujours en réunion ou derrière des Powerpoint, à surveiller des indicateurs qu'ils ne comprennent pas, à donner des leçons et distribuer des reproches, mais qui ne produisent eux-mêmes jamais rien de concret. Je suis sûr que vous voyez de qui je parle, le monde du travail en est infesté. Alors est-ce que ce sont eux qui ont raison ? Finalement, ils se protègent assez bien. En ne s'impliquant jamais trop, ils ne risquent pas trop de s'aliéner. Faut-il devenir un feignant planqué pour se préserver ? Je ne sais pas, mais je constate que beaucoup semblent avoir choisi cette voie et ne s'en portent pas plus mal.

À l'inverse, lorsqu'on est passionné par son boulot, travailleur et soucieux de partager les efforts avec ses collaborateurs, alors on a tôt fait de se sur-impliquer et de se retrouver dans une spirale dangereuse : plus on est efficace et productif, plus on est utile aux autres et plus ils nous sollicitent.

Mais finalement, ce n'est pas tant ça le problème, car, les journées n'ayant que vingt quatre heures et notre énergie n'étant pas inépuisable, notre effort tend à se réguler par lui-même. Alors le drame, ce sont toutes ces choses du quotidien qui nous empêchent justement de faire notre travail. Ces procédures trop rigides et absurdes, ces journées passées à courir après des Directeurs insaisissables pour leur faire signer un bout de papier, les budgets et les dépenses à justifier dans les moindres détails, les outils informatiques inadaptés, inventés et verrouillés par des gens qui ne s'en serviront jamais, cette connexion internet d'une lenteur affligeante, ce forfait de téléphone qu'on nous demande de surveiller au centime près, ces réunions interminables et inutiles auxquelles on ne peut pas échapper.

Dans le dernier poste que j'occupais, il était demandé à tous les managers de saisir l'emploi du temps journalier de leur équipe dans quatre outils différents. Cette tâche nous prenait une heure et demi chaque jour ! Et bien entendu, mes demandes multiples et pressantes auprès de la direction d'au moins réunir ces quatre outils en un seul n'ont jamais abouti. Comment peut-on atteindre un tel degré d'absurdité sans que personne n'arrive à changer les choses ?

Mais, là encore, rien d'extraordinaire, tout le monde vit cela au quotidien sans faire de burn-out. Les ennuis commencent lorsqu'on voit affichés aux murs des slogans qui nous encouragent à « faire simple » à « chasser les mudas », à « être efficaces », à faire du « lean » et de « l'amélioration continue ».

Lorsqu'on nous organise des séminaires pour recueillir les bonnes idées susceptibles de vraiment faire changer les choses. La première réaction est de l'enthousiasme. Enfin, on va pouvoir se débarrasser de tous ces tracas du quotidien ! Et puis peu à peu, c'est la déception et la frustration, car on réalise que tous les efforts de changement mis en œuvre sont systématiquement sabordés et dévoyés par ces mêmes personnes qui nous encourageaient à les proposer. De nouveaux outils et de nouvelles procédures remplacent les anciens, et ils s'avèrent encore pires, encore moins flexibles.

On se retrouve soumis à encore plus de contrainte et de surveillance. Plus on avance moins les gens travaillent et plus ils tournent en rond en se regardant le nombril.

C'est là que commence l'aliénation, le repas de couleuvres, l'enthousiasme forcé alors qu'on ne demandait qu'à pouvoir faire son travail correctement.

Le pire dans tout ça, c'est que le fonctionnement des entreprises ne semble reposer sur aucune spirale vertueuse. C'est au contraire un effondrement permanent qui oblige à rebâtir au fur et à mesure en dépensant une énergie folle. C'est d'ailleurs pour ça que beaucoup d'entre elles ont un service dédié à « l'amélioration continue ». C'est un constat d'échec, en soi, car il n'y en aurait pas besoin si les mécanismes de l'entreprise étaient capables de s'améliorer tout seuls, à l'instar de l'évolution des espèces dans la nature. En fait, tout se passe comme si les « feignants incompétents» étaient au pouvoir, quelle que soit leur position hiérarchique, peut-être simplement parce qu'ils ont plus de temps pour se faire entendre que n'en ont les travailleurs acharnés.

Au cours de ma carrière, j'ai eu le bonheur de connaître de vrais succès professionnels, en mettant sur le marché des produits que les utilisateurs ont adorés et encensés. Dans ces moments-là, je m'attendais à ce que tous les acteurs de l'entreprise, hiérarchie, collègues, experts, formateurs, viennent me trouver pour chercher à tirer des leçons de ce qui avait bien fonctionné et à se prémunir des erreurs que j'avais commises. J'espérais une certaine forme de darwinisme qui aurait fait que les projets réussis serviraient d'exemple pour faire évoluer les outils et l'organisation. Mais à chaque fois, un phénomène inverse se produisait : mon équipe et moi-même devenions suspects, comme si on nous soupçonnait d'avoir enfreint des procédures ou de nous être octroyé des libertés inavouables pour réussir là où le déroulement normal des choses conduisait d'habitude à la médiocrité ou à l'échec.

Il existe de nombreux travaux sur les défaillances des organisations d'entreprises et les méthodes pour s'en prémunir, je ne m'étendrai donc pas sur le sujet. Mais il est certain que ce contexte a été un puissant catalyseur de mon effondrement.

6 L'aliénation culturelle

Enfin, j'aimerais vous décrire un autre type d'aliénation qui dans mon cas a beaucoup pesé : l'aliénation culturelle. Ce n'est certainement pas un hasard si le nombre de victimes de burn-out a explosé au cours des dernières décennies, alors même que l'industrie se mondialisait.

Comment des dirigeants d'entreprises ont-ils pu imaginer une seule seconde qu'on pourrait faire du business sereinement en ignorant les divergences culturelles et les contraintes géopolitiques ? Qu'on pouvait monter des équipes multinationales et les laisser se dépatouiller en faisant abstraction de leurs conflits d'intérêts ? Pour l'avoir vécu aux premières loges, je peux affirmer que les délocalisations et la mondialisation n'ont pas été qu'un désastre pour le tissu industriel français, elles ont aussi eu des conséquences dévastatrices sur la santé mentale de nombreux employés. En effet, on se retrouve très facilement pris en tenailles entre les injonctions d'une Direction qui s'imagine « qu'il n'y a qu'à » et la réalité du terrain qui est une lutte de chaque instant.

En ce qui me concerne, j'ai toujours exercé ma profession dans un contexte mondialisé, depuis mon tout premier emploi pour lequel j'étais salarié d'un groupe industriel malaisien, puis ensuite dans l'industrie automobile où j'interfaçais quotidiennement avec des équipes situées en Pologne, en Corée du Sud et en Inde, et enfin dans une industrie multi-marchés où mes équipes et mes interlocuteurs étaient répartis entre la France, la Chine, l'Inde, les états Unis, le Mexique, la Suède et la Finlande. Donc, pendant ces vingt quatre années, les interactions multiculturelles ont fait partie de mon quotidien.

Même si j'ai toujours beaucoup apprécié de côtoyer d'autres cultures, j'ai souvent été dérouté par la naïveté de ma hiérarchie, voire même par son cynisme, face aux difficultés que cela engendrait. Quand je réclamais des ressources pour renforcer mon équipe, neuf fois sur dix la réponse de mes supérieurs était « OK pas de problème, je te file trois indiens » ou « on va mettre ce projet en Chine ». Évidemment, sur le papier, c'est pratique et ça coûte beaucoup moins cher. Dans la vraie vie, ça revient à condamner totalement un projet. Mais ça, personne n'est disposé à l'entendre, c'est un gros tabou, c'est politiquement incorrect de le dire, car on aurait l'air de sous-entendre que « ces gens sont inférieurs ». Non, ils ne sont pas du tout inférieurs, ils sont juste loin, ils ont une façon de fonctionner très différente et des intérêts très différents, parfois même totalement opposés aux nôtres.

Dans de telles situations, il n'y a toujours eu que deux dénouements possibles : soit on surveillait le projet de très près pour qu'il se déroule comme on le souhaitait, auquel cas, on y passait encore plus d'énergie et de temps que si on l'avait mené nous-mêmes, soit on acceptait que le résultat ne soit pas celui escompté, et c'était souvent très décevant.

Les interactions internationales sont absolument nécessaires, aucun pays ne peut vivre dans l'isolement. Mais une certaine lucidité s'impose : il y a des verrous qu'on ne peut tout simplement pas faire sauter. Laissez-moi vous en citer quelques-uns.

L'un d'eux est évidemment le fait de travailler avec des pays en grande difficulté matérielle comme l'Inde. Les différences culturelles sont déjà fortes avec ce pays, mais, quand bien même on s'organiserait pour les surmonter, subsistera toujours le fait de devoir interagir avec un pays ou rien ne fonctionne correctement. Les réseaux, électricité et Internet, tombent en rade plusieurs fois par jour, les transports sont lents et imprévisibles, la corruption est partout, les institutions sont apathiques, et les problèmes de santé sont nombreux et graves. Au final, tout va plus lentement et la notion même de planning ne tient pas, tellement il y a d'aléas.

Mais bien sûr, ces faits ne sont pas entendables par une hiérarchie française focalisée, à juste titre, sur le résultat, mais qui prend à la légère les mésaventures croustillantes qu'on leur relate, sans jamais en tirer de leçon.

En réalité, il faut être bien naïf ou aveugle pour s'accrocher à la moindre notion de performance dans un pays où les gens ont des préoccupations quotidiennes bien plus graves que celle d'atteindre les objectifs professionnels qu'on leur a fixés !

Le deuxième exemple est celui du gouffre culturel avec la Chine, beaucoup plus profond que ce qu'on imagine au premier abord. Personnellement, j'ai mis des années à comprendre l'ampleur des répercussions que pouvait avoir le fait de travailler avec les habitants d'un régime dictatorial.

Le déclic est venu un matin où je marchais sur un trottoir à Shanghai pour me rendre à notre usine locale. Les vélos et scooters défilaient en un flot continu et soudain, une vieille dame fit une violente chute avec son scooter à une dizaine de mètres devant moi.

Dans un premier temps, je restai paralysé, ne sachant pas trop si je devais intervenir. Il y avait plein de monde sur le trottoir, y compris un policier qui détournait subtilement le regard, mais personne ne s'arrêta, ni parmi les piétons ni parmi les autres motocyclistes qui poussaient le corps de cette pauvre dame avec les pieds pour dégager le passage. Je finis par arriver à sa hauteur et je ne pus m'empêcher de lui venir en aide : vérifier si elle était blessée et l'aider à relever son scooter pour le mettre sur le côté. Elle ne comprenait pas l'anglais ni moi le chinois donc la conversation se limita à quelques balbutiements. Je vis qu'elle était très gênée, sans doute honteuse que seul un étranger ait réagi. Alors elle s'éloigna rapidement en boitant et en poussant sa monture. J'étais choqué. En arrivant au bureau, je m'empressai de raconter ma mésaventure à mes collègues chinois et tous eurent la même réaction : « Tu es complètement fou d'être intervenu, tu aurais pu avoir de gros ennuis ! La police aurait pu t'embarquer, et même la victime porter plainte contre toi en t'accusant d'être responsable, pour t'extorquer des indemnités. »

Cette expérience a été une immense prise de conscience. Moi qui pensais naïvement que le secours et l'entraide étaient des valeurs universelles, je me retrouvais face à une civilisation dont le comportement était totalement dévoyé par ce mode de vie sous oppression du régime. Surtout ne pas prendre de risque, ne pas faire de vague, c'est une question de survie, dans un contexte où tout membre du régime a le pouvoir d'interpréter les faits comme bon lui semble, avec toutes les conséquences qu'on imagine.

Par la suite, je retrouvais ce même comportement à plusieurs niveaux dans les relations professionnelles, ça me sautait aux yeux. Les gens qui s'enfonçaient au lieu de s'entraider, la peur panique de la hiérarchie, les choses faites en douce, les incidents qu'on balaye sous le tapis pour ne pas avoir d'ennui, la surveillance par les membres du parti représentés dans toutes les entreprises, la corruption subtilement dissimulée...

J'ai relaté maintes fois cet incident à ma hiérarchie en France, mais ils n'ont jamais eu l'air de comprendre quelles leçons on pouvait en tirer. En quoi est-ce que cela aurait dû remettre en cause notre localisation dans ce pays ? Une fois de plus, je me retrouvais dans la peau de celui qui devait faire comme si de rien n'était alors que je voyais tous les jours des exemples de dysfonctionnements graves et leurs conséquences désastreuses pour notre entreprise : des fournisseurs qui nous arnaquaient sur la qualité de la matière première sans qu'on ne puisse rien dire, des concurrents locaux qui nous pillaient, soutenus par le régime, des clients qui abusaient largement de notre bienveillance en nous faisant développer des produits qu'ils refilaient en douce à leurs compatriotes, l'impossibilité des gens à reconnaître et à assumer leurs erreurs sous peine de «perdre la face», etc.

Mais l'aliénation culturelle n'est pas uniquement provoquée par la confrontation avec d'autres pratiques. Parfois, c'est notre propre culture qui nous pousse à la destruction. En France, on nous incite dès le plus jeune âge à nous donner toujours à fond dans tous les domaines sans forcément qu'on en perçoive le sens tout de suite : à l'école, dans le sport, dans les activités extra-scolaires, puis dans les études supérieures. On nous persuade qu'il n'y a qu'en faisant de gros efforts qu'on peut accéder au bonheur, c'est une sorte de sacrifice héroïque. Puis arrivés à l'âge adulte, on continue à perpétuer ce comportement au boulot. Aujourd'hui, je me rends compte à quel point j'étais englué dans ce piège du surinvestissement. Non seulement mon travail me passionnait, mais tout le monde autour de moi m'encourageait à me décarcasser : ma hiérarchie, ma famille, mes amis... Cette culture de l'héroïsme est une composante de notre civilisation à laquelle on ne peut pas se soustraire. Mais quand le boulot perd son sens, l'engrenage vers l'aliénation n'en est que plus immense.

Enfin, le troisième exemple concerne la prise en compte des différences réglementaires et normatives entre pays. Ici, on n'est plus seulement dans les divergences culturelles, mais carrément dans le conflit d'intérêt.

Tous les ans à la période de Noël, les associations de consommateurs publient des rapports alarmistes sur les jouets en provenance de Chine qui se révèlent dangereux pour les enfants : matériaux potentiellement toxiques, pièces qui se détachent et risquent d'être ingérées... Pourquoi diable autorise-t-on l'importation de produits qui ne répondent pas aux normes qu'on s'impose à nous-même pour ce qui est fabriqué en France ? De la même façon, pourquoi trouve-t-on dans les supermarchés des légumes qui proviennent de pays où les lois sur l'utilisation des pesticides sont absentes ou permissives alors que nos propres agriculteurs sont soumis à des contraintes drastiques ?

Eh bien, c'est exactement la même chose dans le milieu industriel : lorsqu'on conçoit un produit en France, on s'impose des normes de qualité très lourdes, aussi bien sur la performance des produits que sur les méthodes pour les développer et pour les fabriquer. Dans l'absolu, c'est une bonne chose, car on s'astreint à ne produire que de « bons » produits du point de vue du consommateur, ce que j'ai toujours farouchement défendu. Mais ces normes ont pour effet d'alourdir considérablement les coûts et le temps de mise sur le marché. Alors pourquoi ne pas aller jusqu'au bout de la démarche et se protéger de la concurrence des « mauvais » produits qui ne respectent pas ces normes ?

Je ne compte plus le nombre de fois où un client m'a brandi sous le nez un produit concurrent chinois en me disant « Regardez il est moitié moins cher que le vôtre, il fait la même chose et il est déjà sur le marché depuis trois mois. ». A chaque fois je leur répondais « Oui, on connaît bien ce produit, mais il ne passe pas les tests imposés par les normes de votre secteur : dans deux ans, il sera devenu cassant sous l'action du soleil, il contient des matières plastiques interdites et il peut propager le feu en cas d'incendie ». Mais ils s'en tamponnaient joyeusement le coquillard. En cas de problème, ils n'auraient qu'à se retourner contre ce fournisseur peu scrupuleux qui lui-même avait toujours sous le coude un moyen de se défiler.

Dans ce genre d'histoires, le grand perdant est toujours l'utilisateur final du produit.

En fait, c'est un vrai choix de société que personne n'a jamais tranché : veux-t-on un marché français envahi de produits pas chers mais pourris, ou doit-on le limiter à ceux qui répondent au niveau d'attente minimum que l'on s'impose à nous-même, quitte à ce qu'ils soient plus chers ?

Ce que je dénonce ici, c'est la violence d'un système mondialisé qui d'un côté impose des contraintes locales drastiques aux industriels, mais d'un autre, n'applique aucun arbitrage sur le marché. Croyez-vous que la Chine se prive, elle, d'interdire son marché aux produits qui ne lui plaisent pas ?

En tant que français, on a consacré des générations à bâtir une culture et des systèmes de qualité qui nous placent parmi les plus capables de créer de « bons » produits. Notre industrie le démontre chaque jour. Mais pourquoi ne fait-on rien pour se prémunir des « mauvais » produits qui entrent en concurrence directe avec les nôtres ? Faut-il toujours s'en remettre à la liberté commerciale et à l'auto-régulation du marché ? Doit-on vraiment laisser le consommateur décider ? En est-il capable ? Ne va-t-il pas bêtement se laisser séduire par un prix plus bas ou un aspect plus racoleur ?

En réalité, le darwinisme du marché est implacable : les mauvais produits finissent toujours par ne plus se vendre au profit des bons. Mais le problème, c'est que cela opère sur le long terme et, entre temps, on y laisse beaucoup de plumes. C'est exactement la raison pour laquelle la mondialisation a totalement dépossédé la France de son tissu industriel. À présent, on entre dans la phase où le darwinisme a fait son œuvre : plus personne ne veut du Made-in-China, on souhaite que nos produits soient pratiques, bien conçus, durables et réparables. Et on souhaite aussi consommer local et ne plus dépendre de puissances potentiellement hostiles. Mais le mal est fait, il va falloir fournir de gros efforts pour reconstruire notre industrie.

En tant que concepteur de produits, la naïveté de notre pays et de l'Europe face à la mondialisation a été une grande source de difficultés et de frustrations. J'en souffrais tous les jours. Mes efforts et ceux de mes équipes pour rendre nos produits toujours meilleurs se retrouvaient systématiquement sapés par la vision court-termiste du marché qui leur préférait les produits bâclés en provenance des zones à bas coût. Et quand, au bout d'un certain temps, l'histoire nous donnait quand même raison, c'était trop tard, l'opportunité nous était passée sous le nez.

7   Conclusion. La faute à personne.

Voilà, c'est à cause de tout ça que j'ai fait un burn-out. Ça vous étonne ?

Certes, l'accumulation des ennuis, le stress et la surcharge y ont été pour beaucoup, mais la vraie cause profonde qui ne m'a laissé aucune chance, c'est de m'être laissé enfermer si longtemps dans des rôles en contradiction avec mon identité et mes convictions.

Toutes les injonctions des proches et des médecins, n'auraient rien pu y changer. « Tu dois ralentir, tu en fais trop, apprends à dire non, force-toi à déléguer... » Tout cela était totalement hors sujet, ce n'était pas la racine du mal. Oui, effectivement être sous pression, stressé et saturé par la charge mentale ce n'est pas bien. Ce sont des conditions aggravantes qui accélèrent le déclenchement du burn-out en consommant notre résilience.

Mais l'être humain est conçu pour fortement résister au stress et à la pression. L'Histoire nous l'a montré à maintes reprises : lorsqu'il combat pour défendre ses propres idées, l'Homme a la capacité de surmonter les pires outrages. Il n'en va pas de même quand on le force à combattre pour des idées qui ne sont pas les siennes.

Et pour cause, s'il y a une chose à laquelle nous sommes vulnérables, c'est bien l'aliénation ! L'évolution ne nous y a pas vraiment préparés. Il est vrai que, de tout temps, les techniques de manipulation ont fait partie du quotidien des Hommes : dans les domaines politiques, religieux, commerciaux, amoureux... Mais qui pouvait prévoir que notre civilisation connaîtrait une époque où se laisser aliéner deviendrait une banalité ? Même pire, une nécessité du quotidien ! Après tout, il faut bien bosser pour gagner sa croûte, et la vie n'est pas un long fleuve tranquille, il faut faire des efforts et des concessions. Alors signe ce contrat de travail et suis les instructions. Quand le moment viendra, tu iras annoncer à tes collègues qu'ils sont virés, tu sais, tous ces gens qu'on t'avait dit d'aimer et de respecter parce qu' « on fait tous partie d'une grande famille » !

Le burn-out est une mésaventure d'autant plus dure à vivre que « ce n'est la faute à personne ». À certains moments, on aurait envie d'en vouloir à la Terre entière. Ça serait tellement plus simple de se dire que la faute incombe à notre employeur qui nous a trop pressé le citron ou pas assez protégé, mais la réalité est plus complexe. Au fond, personne ne nous contraint par la force à endosser aussi radicalement ces rôles qui nous détruisent. C'est plutôt le résultat d'une cascade de mauvaises pratiques et de déviances culturelles. Quand on signe un contrat de travail, on sait pertinemment qu'on va œuvrer à satisfaire l'intérêt d'autres personnes et que ça se fera souvent au détriment de nos propres idées et convictions. C'est mal, on le sait, mais on l'accepte. Et la limite de ce qui est en fait acceptable ou non est très difficile à établir.

Je n'adhère pas à une vision de la société à la Émile Zola où les gentils employés sont opprimés par les méchants patrons, ni à une vision inverse où les motivations des patrons seraient toujours justifiables face à des employés qui n'auraient pas à s'en mêler. Je pense qu'on se porterait tous beaucoup mieux si on s'en tenait simplement à l'exécution des termes du contrat de travail, ni plus ni moins : réaliser une mission professionnelle en contrepartie d'un salaire. Je suis convaincu que tout ce qui sort de ce cadre est bien hasardeux et rarement souhaitable.

Je voudrais terminer par un message positif à l'attention de tout ceux qui seraient confrontés au burn-out de près ou de loin. Certaines épreuves sont parfois aussi de véritables opportunités de changement, susceptibles de nous emmener vers quelque chose de meilleur. Je sais, c'est un peu cliché de dire ça, mais, dans le cas du burn-out, il faut bien comprendre qu'on n'a absolument pas le choix : la guérison doit passer par le changement, tout simplement parce qu'on est obligé d'éradiquer de notre vie les choses qui nous ont détruites. La continuité, l'envie que tout redevienne comme avant ne peuvent offrir aucune voie de guérison efficace si les causes racines sont toujours là.

En ce qui me concerne, après mon gros effondrement de début 2020, je suis resté en congé maladie pendant quatre mois pleins et j'ai ensuite repris le boulot progressivement en mi-temps thérapeutique pendant encore quatre mois avant de revenir à plein temps. Ce retour, même progressif, a été douloureux et m'a fait prendre conscience de la nécessité absolue de changer de vie. Je subissais de plein fouet cette fameuse « allergie psychologique » aux causes racines que je décris au chapitre 3. Chaque jour était une souffrance qui me tirait vers le bas. J'avais autour de moi des exemples de collègues aussi victimes d'un burn-out, qui avaient définitivement sombré. Je savais que, sans ce changement de vie, je risquais la rechute, le découragement, pour peut-être me retrouver comme eux dans deux ou trois ans, cloîtré à la maison avec une incapacité de travail.

Comme j'avais sous le coude ce projet de reconversion pour faire de la lutherie, la décision s'est imposée comme une évidence. Ça a été un saut dans le vide, à la fois très angoissant mais libérateur. Je n'étais clairement pas prêt à opérer cette reconversion si tôt, ni matériellement, ni financièrement. Mais j'ai réalisé qu'il n'y aurait sans doute jamais de meilleure opportunité. En fait, c'était même la seule chance de m'en sortir car, tout autre chemin m'aurait conduit à une situation bien pire. Du coup, j'ai quitté mon travail d'un commun accord avec mon employeur par le biais d'une rupture conventionnelle, puis j'ai pris le temps de me former et de créer mon entreprise pendant environ un an.

Deux ans après mon burn-out, je suis maintenant en phase de démarrage de cette nouvelle activité et je découvre à quel point on est bien plus efficace et épanoui quand on exerce son métier dans de bonnes conditions.

Quant à mes symptômes, ils ont presque tous disparu.

Bien sûr, il me reste encore du chemin à parcourir pour retrouver une vraie forme physique, on ne se remet pas comme ça de deux ans d'inactivité subie. Mais mon corps répond de nouveau normalement et spontanément, je n'ai presque plus jamais à me forcer pour agir.

La fameuse « allergie psychologique » aux causes qui m'ont détruit est toujours bien présente, mais s'atténue progressivement. C'est vrai, je ne supporte plus l'emprise, les aberrations administratives et systémiques, les injonctions de ceux qui croient savoir mieux que moi, ni bien sûr toute forme d'aliénation. Mais finalement, j'ai appris à me servir de cette allergie comme d'un « détecteur de mauvaises ondes » qui m'aide à tracer mon chemin dans ma nouvelle vie sans retomber dans mes travers passés. J'ai compris que la condition indispensable de ma survie était de ne consacrer mon énergie qu'aux choses qui ont du sens pour moi.

Mais le plus surprenant dans tout ça, c'est qu'à partir du moment où l'on décide de s'écouter, il y a comme un alignement de planètes qui se produit. Toutes les portes s'ouvrent. Plein d'événements favorables et d'heureuses coïncidences se succèdent. La voie de la guérison devient une spirale vertueuse.

Je ne suis pas du tout versé dans l'ésotérisme, mais tout se passe comme si la scoumoune ou la providence étaient déterminées par notre état d'esprit. Ce n'est pourtant pas qu'une question de perception, c'est factuel : il m'arrive beaucoup moins de tuiles qu'il y a quatre ans. Mais c'est peut-être simplement le résultat d'une réaction en chaîne déclenchée par mes gestes du quotidien que j'oriente positivement sans même m'en rendre compte.

Je crois que je suis tout simplement en train de devenir acteur de ma vie.